Alice Berend

Die Bräutigame der Babette Bomberling

Die deutsch-jüdische Schriftstellerin Alice Berend wurde 1875 in Berlin geboren. Ihre Romane wie *Frau Hempels Tochter* (1913), *Die Bräutigame der Babette Bomberling* (1915) oder *Spreemann & Co.* (1916) erschienen in Auflagen von mehr als hunderttausend Exemplaren. Alice Berends Erfolg als Schriftstellerin nahm mit dem Machtantritt der Nationalsozialisten ein abruptes Ende. Sie emigrierte 1935 nach Italien, wo sie 1938 mittellos starb.

Alice Berend

Die Bräutigame der Babette Bomberling

Roman

Herausgegeben
und mit einem Nachwort
von Britta Jürgs

AvivA

Der Mensch hat's nicht leicht. Das einfachste Tier hat es besser.

Wenn sich zwei Esel begegnen, weiß jeder von ihnen sofort, daß er einen Esel getroffen hat. Stehn sich zwei Menschen gegenüber, wissen sie noch lange nicht, wen sie vor sich haben. Sie ahnen nicht einmal, ob sie ihren rechten Handschuh in den rechten Handschuh des andern legen dürfen.

Denn selbst ein Name spricht selten genug.

Erst am Beruf erkennt ein guter Bürger den andern. Erst wenn man erfahren hat, womit sich der liebe Nächste, mehr oder weniger, steuerpflichtig macht, kann man die innere Sicherheit finden, die jedes positive Wissen verleiht.

Aufs Ungewisse von jedem Mitmenschen das Beste zu glauben, ehrt einen. Man soll es sogar. Aber man stößt dabei auf Überraschungen. Und Überraschungen sind selten angenehm.

Niemanden wird es beglücken, wenn sich im Theater der nette, rundliche Herr Nachbar, den man für einen gediegenen Rentier hielt, unvermutet als Sargfabrikant en gros und en detail vorstellt. Ohne Entzücken streift man nun die Eleganz seiner vollen, lächelnden Gattin, die der lebendigste Beweis für das Blühen seines Geschäftes ist. Auch wenn es der Freundliche uns nicht noch vor dem Wiederaufgehen des Vorhangs zuraunte, wir ahnten es, daß sein Umsatz von Jahr zu Jahr steigt.

Man soll dem ehrlichen Wirken seines Nächsten das reichste Gedeihen wünschen ...

Der Mensch hat's nicht leicht ...

Keiner wußte besser Bescheid um alle Arten dieser geheimen Gedanken, als Frau Anna Bomberling, geborene Kolpe.

Sie, die seit einundzwanzig Jahren die bessere Hälfte eines Sargfabrikanten war und den blühenden Beruf ihres Gatten doch noch nicht liebgewonnen hatte.

Trotzdem er es verdient hätte. Denn sie verdankte ihm eine Lebensweise, die weit alle Mädchenträume übertraf, die sie einstmals in des Vaters Schmiede gesponnen hatte, wenn die Funken stoben und die um sich schlagenden Pferde der Fuhrleute neue Hufeisen bekamen.

Sie hatte heute nicht nur einen echten Hasenpelz, wie damals die junge Frau Amtmann, sondern wärmte sich mit Zobel und Chinchilla. Sie hatte nicht nur einen schönen Sohn, ihr Hermann war sogar Student und verkehrte nur mit den feinsten Leuten. Sie hatte nicht nur ein süßes Mädchen mit blonden Locken und blauen Schleifchen darin, ihre Babette war sogar so fein, zierlich und vornehm, daß der Vater ihr sicher befohlen hätte, die Schmiede dreimal auszufegen, ehe ein solches Fräulein über die Schwelle treten durfte. Sie hatte einen guten, zärtlichen Mann, der den ganzen Tag über nicht zu Hause war. Und doch war sie nicht glücklich.

Denn auch Gewohnheit macht es nicht schöner, wenn man immer wieder bemerken muß, daß jeder Bekannte an etwas Unangenehmes erinnert wird, sobald er einen erblickt. Es bleibt kränkend, daß Fremde, wenn sie herausgefühlt haben, wer man ist, zusammenzucken, wie wenn sie sich an einer unsichtbaren Nadel gestochen hätten.

Und das Schlimmste war, daß es Frau Anna ganz im Geheimen den Leuten immer weniger verargen konnte. Die Jahre machen erfahren. Je älter sie wurde, je besser lernte sie die anderen verstehen.

Wenn sie an grauen und regenfeuchten Tagen, trotz der wohligen Wärme ihrer feinen Zimmer, immer wieder fröstelte und Gicht und Alter zu spüren glaubte, schauerte sie entsetzt zusammen, wenn ihr Mann frisch und froh nach Haus kam, sie in die rechte Backe kniff und sagte: »Altes Mäuschen, das Geschäft blüht!«

Und wenn sie auf ihren Abonnementsplätzen im Hoftheater ein klassisches Stück mit angesehen hatten, wo am Schluß alle edlen Menschen tot ausgestreckt am Boden lagen und Bomberling dann auf dem Heimweg, in seiner Freude, daß es aus war, ein wenig zärtlich werden wollte, da kicherte sie nicht mehr, wie vielleicht früher einmal, sondern noch ganz im Bann des vielen Pathos, das sie geschluckt hatte, stieß sie ihn mit schauernder Gebärde fort und sagte: »Laß mich zufrieden. Mit dem Tod bist du im Bund!«

Das war ungerecht. Denn trotz seines Berufes hatte August Bomberling noch nie einen Toten gesehen. Das wäre ihm ebenso unangenehm gewesen wie jedem andern Menschen.

Es war überhaupt nichts Grauenhaftes an ihm. Im Gegenteil. Er stand seinem Geschäft nicht nur in rastloser Tüchtigkeit vor, sondern mit der ganzen Heiterkeit, die ein rechtschaffener Sinn und die gesunde Regelmäßigkeit aller Körperverrichtungen dem Menschen geben.

Niemand ging aus Bomberlings Laden, dem er nicht selbst die Tür geöffnet und mit einer Verbeugung versichert hätte: »Es war mir ein Vergnügen, beehren Sie mich wieder.«

Aber leider läßt sich das Glück der Ehe mit Fleiß und Gediegenheit allein nicht erzwingen.

August Bomberling merkte bald, daß er von dem, was ihn am meisten beschäftigte, zu Haus nicht reden durfte, wenn er's gut haben wollte. Und das wollte er. So lernte er schweigen, wo's Not tat. Das war in den ersten Jahren nicht leicht; denn Frau Anna begann sich bald mit ihrer Kleidung mehr nach dem Pariser Journal als nach dem Hauptbuch seines Geschäfts zu richten. Aber er hatte seine Frau lieb, und das half ihm vorwärts.

Ihm war überhaupt nichts zuwider.

Er konnte nicht begreifen, was man auszusetzen hatte an seinem Beruf, der ehrlich und notwendig war. Auf die natürlichste Weise von der Welt war er zu ihm gekommen. Als seine Meisterarbeit als Tischler fertig war, da hatte er den Weg ins Leben nach einer Gelegenheit entlang gespäht, die möglichst rasch vorwärts bringt. Er hatte sich auf die Schwelle der Werkstatt gesetzt und sich ruhig und klar vorgestellt, was von allen Dingen seines Handwerks wohl das gangbarste wäre. Ob es nicht etwas gäbe, was einfach ein jeder haben müsse, ob er wolle oder nicht.

An einem Tisch saßen viele. Einen Schrank hatte selten jemand allein, selbst ein Bett hat nicht jeder in der Welt für sich. Er selbst teilte das seine mit zwei kleineren Brüdern.

Da flitzte ein Pfiff über seine Lippen, ein anderes Bett war ihm eingefallen. Bei dem gab's nichts zu teilen. Das bekam der ärmste Tölpel für sich allein. Er grübelte weiter. Je mehr er sich mit diesem Gedanken beschäftigte, um so mehr Vorzüge fielen ihm ein.

Da gab's kein Umtauschen. Da gab's keine Nörgelei mit Reparaturen. Daran wurde nichts unmodern. Da ging man nicht nach langem Handeln wieder lächelnd zur Ladentür hinaus, um sich's dankend noch einmal zu überlegen. Da mußte man kaufen, da half kein Zappeln.

Immer lustigere Lieder pfiff er, während die Gedanken tanzten. Lächelnd hatte er zu Anna Kolpe hinübergeschmunzelt, die schlank und blond die Kartoffeln schälte und auf die Hufeisen sah.

An dem gleichen Abend war er zum Schmied gegangen und hatte ihm seine Pläne anvertraut. Eine Sargfabrik wollte er anfangen und sich die Anna holen, sobald das Geschäft im Schwunge war. Ob der Schmied einige Tausende wagen wollte? Es wäre eine aufgelegte Sache, und er begann ihm die Vorzüge seines gangbaren Artikels an den Fingern herzuzählen. Erstens: jeder braucht's, ob er will oder nicht. Zweitens: Umtausch ausgeschlossen. Drittens: Reparaturen ...

Der Schmied hatte ihn unterbrochen und ihm versichert, daß er ihm auch ohne weitere Ausführlichkeiten glaube. Doch meinte er, daß sie im Dorf so etwas nicht brauchten. Er sah dabei rückwärts über seine Schulter, wie wenn er jemanden hinter sich spüre. Eine solche Sache wäre etwas für die große Stadt. Die Anna könnte er gewiß einmal kriegen, wenn er's zu etwas gebracht hätte. Dafür müsse er sich aber die paar Tausend wo anders suchen. Alles mit Maßen.

Bomberling hatte sich froh bedankt, daß er die Anna haben sollte, wenn es ihm gut gehn werde, und war zu seinem Meister geschwenkt. Der gab ihm die paar Tausend, als er die neumodischen Pläne des Gesellen erfuhr. Diese jungen Plänezimmerer waren am besten in der Stadt aufgehoben, die groß und entfernt war. Hier war man selber. – – –

Ehe Bomberling damals wieder heimkam, waren viele heiße Hufeisen geschmiedet worden.

Anna sah, daß Augusts Schnurrbart dick und blond war und seine Augen blau und froh blickten. Sie sagte sich, daß er in der großen Stadt wohne, wo man mitten drinnen im Leben saß. Was kümmerte sie sein dummes Geschäft, das nur für die Toten da war.

Es gab Hochzeit. Den Brautkranz in einer Tortenschachtel und viele Kisten voll neuer Wäsche, in jedem Stück ein Hufeisen eingestickt, fuhr man am anderen

Tage glückselig nach der Stadt. Die kleine Wohnung lag vier Treppen hoch, und die schlanke Anna war stolz über das große Stück Stadt, das sie von ihren Fenstern übersehen konnte.

Nun war das alles lange her. Die Stadt war mit jedem Zeigerdrehen gewachsen, und der Umsatz von Bomberlings Fabrik hatte Schritt mit ihr gehalten.

Man wohnte im ersten Stockwerk und war selbst ein Teil dieser großen Stadt geworden. An Kleidung sowohl, wie an der in Grenzen gehaltenen Wohlbeleibtheit war man von weitem als gut fundierter Bürger erkenntlich.

Anna Bomberling, die gnädige Frau, hatte nicht die geringste Ahnung mehr, daß man der goldenen Sonne zumuten durfte, rote, mit Seife gewaschene Flanellhosen auf Bodenkammern oder ordinären Gartenzäunen zu trocknen.

Man weiß, was man sieht. Und in Bomberlings Heim, das sie jetzt bezogen hatten, als ihre Ehe in das dritte Jahrzehnt bog, erinnerte nichts mehr an eine Vergangenheit mit Schmiede und Tischlerwerkstatt.

Selbst die alten Familienbilder waren verschwunden, die bisher die Wände geschmückt hatten, in breiten schwarzen Rahmen, aus Leistenresten der Fabrik gezimmert.

Frau Bomberling hatte erklärt, daß sie die alten Gesichter nicht mehr sehen konnte, und Bomberling hatte sich, wie stets, ihrem Wunsche gefügt. Ihm war es gleich, was an der Wand hing. Nur die großen Kreidezeichnungen von seinen und Annas Eltern waren nicht auf den Boden gekommen, sondern schmückten die mit Bügeleisen verzierte Tapete des Plättzimmers.

Der Herr Dekoratör, der es übernommen hatte, die Wohnung mit Prima-Geschmack einzurichten, hatte erklärt, daß es jetzt die meisten Herrschaften so machten. Und er verstand seine Sache. Er nannte sich nicht umsonst »Spezialist für Wohnungskultur«, er war es auch.

Die Vorderräume von Bomberlings Wohnung waren unter seinen Händen ein Stück moderner Kultur geworden. In den feinen Duft des Modeparfüms, dem stets der würzige Soßenhauch eines großen Bratens diskret untermischt war, atmeten sie eine starke Vornehmheit aus.

Schon auf der Diele lag ein großer Perserteppich, der war echt. Jeder Besucher, dem Frau Bomberling den Preis dieses Gegenstandes zuflüsterte, fuhr zusammen, als habe ihn jemand auf den kleinen Zeh getreten.

Dies bewies Frau Bomberling, daß sich Selbstüberwindung belohnt, denn eigentlich hatte sie den Perser nicht haben wollen. Sie wollte nicht so viel Geld ausgeben für einen alten Fetzen voll türkischen Ungeziefers. Sie meinte, Imitation wäre sauberer und billiger und mache denselben Effekt.

Aber der Spezialist für Geschmack hatte beschwörend seine Hände erhoben, an denen die meisten Fingerspitzen blau unterlaufen waren, weil auch der geschickteste Mensch nicht immer den Nagel auf den Kopf treffen kann. Mit Wehmut in den schmalen, rot geränderten Augen hatte er der gnädigen Frau erklärt, daß auf der Diele ein echter Orientale liegen müsse. In den hinteren Zimmern und den Räumen, die sie bewohnten, konnte man so viel Imitation haben, wie man wollte. *Noblesse oblige.*

Da hatte Frau Bomberling nachgegeben; denn sie baute dieses Heim nicht zum Vergnügen so vornehm aus. Sie hatte ihre Absichten damit.

Drei stilvolle Zimmer reihten sich der Diele an. Im Salon standen die Möbel aus einem alten englischen

Schloß. Über der Erkerbrüstung des breiten Fensters hatte ein lateinisches Buch, im alten Einband aus Schweinsleder, stets aufgeklappt, dazuliegen. An der Wand hing ein englischer Kupferstich, worauf in einem wohlgepflegten Park ein lächelnder junger Mann bemüht war, einem lächelnden Mädchen aus guter Familie den Verlobungsring anzustecken. Jedesmal, wenn Frau Bomberling durch diesen feierlichen Raum ging, dessen Vorhänge aus gelber Seide immer geschlossen waren, lächelten das Bild und sie sich an.

Sonst hatte sie mancherlei Ärger mit diesem Salon. Die Mädchen konnten nicht begreifen, daß das lateinische Buch aufgeschlagen auf der feingeschnitzten Holzbrüstung zu liegen habe. Jedesmal, wenn sie Staub wischten, klappten sie es zu. Obwohl sie in den feinsten Familien gewesen.

Von diesem Salon aus kam man in das Teezimmer. Seine besondere Sehenswürdigkeit bestand in der Tassensammlung einer russischen Gräfin. Auf jeder emaillierten Schale war ein Zar oder mindestens ein Großfürst.

»Wenn ich nur wüßte, wozu wir das alles nötig haben«, hatte Bomberling gesagt, als man ihn das erstemal durch die fertige Pracht seines Heims führte. Frau Anna hatte nichts geantwortet. Sie tauschte nur wieder ein Lächeln mit dem kupfergestochenen Paar an der Wand.

An dem gläsernen Tassenschrank vorbei ging es zwischen zwei Kelims ins Musikzimmer. Hier beherrschte der große Flügel den Raum, an dem Babette Klavier und Gesang übte. Von der Damastdecke hob sich wie eine große gediegene Bonbonniere der blanke Mahagonikasten ab, in dem Hermanns Geige ruhte.

Babette und Hermann waren, was musikalisches Gefühl betraf, nicht gerade erblich belastet zu nennen.

Bomberling gestand, so unnötig es Frau Anna auch fand, noch heute jedem offen ein, daß ihm Musik ein Geräusch wie jedes andere sei. Aber daß er einen Lokomotivenpfiff einem Geigensolo vorziehe, weil er kürzer sei.

Frau Anna dagegen wurde von jedem Grammophon tief bewegt.

Außerdem wußte sie, daß Musik zum guten Ton gehöre. So spielte Babette Klavier und Hermann geigte.

Das Musikzimmer gehörte also eigentlich schon zu den bewohnten Räumen. Das sah man auch an den vielen Blumen, die dort in allen Vasen standen; denn Babette liebte die Blumen und kaufte sie, wo sie sie sah. Sie brachte alle Woche eine andere Lieblingsblume, die sie für die schönste der Welt erklärte, am Gürtel und am Jackett trug, und mit der sie alle bewohnten Zimmer zu schmücken versuchte.

Besonders das ihre. Zwischen den weiß lackierten Möbeln und den hellen Mullgardinen, dem blanken Spiegel, hinter dem die Photographien berühmter Männer steckten, und zwischen den vielen Blumen hatten die Hände des Geschmacksspezialisten nichts anrühren dürfen.

Ebenso wenig wie im Nebenzimmer, wo Hermann zwischen Büchern, Heften, Pfeifen, Tintenfässern, Rapieren und der Galerie schöner Frauenköpfe nur in einer von ihm selbst bestimmten Unordnung hausen wollte.

Eine lange Pfeife im Mund und eine Knallbonbonmütze auf dem dicken Blondhaar war er dem Spezialisten in der behäbigen Breitschultrigkeit, die er vom Vater übernommen hatte, auf der Schwelle seines Zimmers entgegengetreten und hatte ihm erklärt, daß vor dieser Tür seine Geschmackskultur aufzuhören habe. Hier herrsche schon die nächste Generation.

Und dann hatten Babette und er ein Lachduett von vielen Minuten angestimmt. Der Gehrock des Spezialisten verschwand mit langen Schritten, die lange Linie des Korridors herunter. Sein blanker Rücken spiegelte vornehm beherrschte Wut.

Aber merkwürdigerweise hatte auch Frau Bomberling ihn mit sanftem Lächeln gebeten, die Einrichtung des ehelichen Schlafzimmers ihr selbst zu überlassen.

Von Natur ist nichts schön, erst die Gewohnheit macht es dazu. Es gibt so mancherlei liebgewordene Bequemlichkeit, die man nicht dem modernen Leben opfern möchte: einen einzigen Raum wollte sie haben, wo man sich wirklich zu Hause fühlte.

Vergeblich hatte der Kulturspezialist der gnädigen Frau vorgehalten, daß ein Betthimmel geradezu fabelhaft unmodern geworden sei, daß der dicke Engel, der aus vergoldetem Holz über den Betten schwebte, jeder Kunst entbehre und sogar anatomische Mängel aufweise.

Frau Bomberling war fest geblieben. Auch die Kultur muß ihre Grenzen haben.

Diesen Engel hatte ihr August eigenhändig geschnitzt und vergoldet. Sie hatte immer gefunden, daß Hermann ihm ähnlich sähe. –

Zwischen diesen Räumen mit eigner Atmosphäre und dem stummen Kulturgebiet auf der anderen Seite lag, als freundlicher Vermittler, das große Speisezimmer.

Es war der Raum, der am häufigsten alle Bomberlings vereint sah. Eichenmöbel und Lederstühle machten es behaglich. In einer Ecke tickte, fest und bestimmt, die große Standuhr. Am Fenster hüpfte ein Kanarienvogel im Bauer, den Hermann Napoleon getauft hatte, worauf Frau Bomberling stolz war.

Am Umgang erkennt man den Menschen.

Es lag Würde in ihrem Ton, wenn sie dem Mädchen sagte: »Geben Sie Napoleon frisches Futter.«

An der Wand hing ein großes Stilleben, ein delikates Bild. Es war nicht nur von einem Maler gemalt, der weltberühmt war, es stellte eine echte Straßburger Gänseleberpastete vor, umgeben von Austern, roten Hummern, frischen Spargelbündeln und einem Strauß ausgewählter Rosen.

Der Geschmacksspezialist hatte Frau Bomberling auf dieses vornehme Bild aufmerksam gemacht, das aus dem Nachlaß eines Bankiers billig zu erstehen war. Frau Anna hatte es eigentlich teuer gefunden. Sie meinte, daß es der Maler zu einer Jahreszeit gemacht haben müsse, in der diese Delikatessen gerade besonders hoch im Preise gestanden hätten. Aber sie konnte sich nicht davon losreißen. So wurde es gekauft und dem Eßtisch gegenüber gehängt. Wo es gewiß am Platz war. Denn Kunst soll anregend wirken.

Der erste, der jeden Morgen, sobald der Frühstückstisch gedeckt war, dieses freundliche Zimmer betrat, war Bomberling selbst. Er war ein Frühaufsteher und genoß das Behagen eines kurzen Alleinseins an jedem Morgen aufs neue.

Erst ging er zum Fenster und sah nach dem Wetter, das er immer schön fand. Dann zwängte er einen seiner runden Finger in das Vogelbauer und lockte Napoleon, den er so früh am Morgen einfach Hänschen nannte. Und dann ging schon die Tür auf, und das Mädchen mit reiner Schürze und reinem Häubchen kam herein, sagte freundlich guten Morgen und stellte die blanke Kaffeekanne auf den sorgsam gedeckten Tisch.

Kaffeeduft gibt Behagen wie Sonnenschein.

Lächelnd setzte sich Bomberling an den Tisch, steckte sich die kleine Frühstücksserviette in den Kragen, der wie ein weißer Ring den vollen Hals mit dem Doppelkinn zusammenhielt, und packte das Messer zum Angriff ...

Früher, als die Kinder noch klein waren, hatte er sie sich oft als fröhliche Morgengäste ins Zimmer geholt. Er hatte sich Babette aufs Knie gesetzt, ihr gelbseidenes Haar gestreichelt, ihre kleinen weißen Finger auf den breiten Rücken seiner behaarten Hand gelegt und sich immer wieder gewundert, wie zierlich solche kleinen Mädelchen gearbeitet waren. Oder er hatte sich den dicken Hermann auf den kräftigen Rücken gebuckelt und war mit ihm um den Tisch herumgerannt. Das hatten sie Karussellfahren genannt.

Aber jetzt waren die Kinder groß und redeten gebildet. Er steckte seine Bissen gern ungeniert in den Mund.

Mit sicherer Hand faßte Bomberling die Leberwurst und säbelte sich ein dickes Stück herunter. Dann warf er die Wurst zurück und griff in das volle Semmelkörbchen. Ehe er Brot und Wurst vereinte, nahm er mit lautem Schlürfen einen großen Schluck des starken Kaffees. Wohlig wärmend rann die heiße Flüssigkeit ihren dunklen Weg.

Aber unser Wohlbehagen hängt nicht allein von unseren eigenen Anstrengungen ab.

Gerade als Bomberling, Brot und Wurst kauend, innen und außen gewärmt, in dem illustrierten Teil der Morgenzeitung den Katafalk eines aufgebahrten Milliardärs studierte, ging hinter seinem Rücken die Tür auf, und Frau Anna, im hellblauen Schlafrock, jedoch noch ohne die moderne Haarfülle, kam herein. Klirrend setzte sie das Schlüsselkörbchen neben die Leberwurst. Dann nahm sie Bomberling gegenüber Platz und begann, sich mit auffallend viel Geklapper dem Frühstück zu widmen. Mehrere Mal räusperte sie sich laut und klopfte mit dem Löffel gegen die Tasse, wie wenn sie eine öffentliche Ansprache halten wollte. Aber Bomberlings Aufmerksamkeit blieb bei Leberwurst und Katafalk.

Selbst als Frau Anna, langsam und nicht ohne Betonung, gesagt hatte: »Wir sind im Oktober, mein August – «, wendete er nicht den Kopf, sondern sagte kauend, die Augen in der Zeitung, daß er die Miete schon vom Geschäft aus bezahlt habe.

Das Selbstverständliche vergißt man zu achten.

Die hellblauen Schlafrockschultern zuckten geringschätzend, und Frau Anna sagte, daß sie, um das zu hören, nicht so früh aufgestanden wäre.

Bomberling legte rasch die Serviette fort, erhob sich und steckte sich eine Morgenzigarre an. Er war überzeugt davon, daß Frau Anna, wie immer, wenn sie einen Augenblick allein zusammen waren, ohne müde zu sein, ihm wieder einmal mitteilen würde, wie und was sie in all den Jahren gelitten habe, die Frau eines Sargmachers zu sein, und daß sie nicht eher ruhen werde, bis die Lebensbahn ihrer Kinder in ein höheres Milieu gelenkt wäre.

Daher beeilte er sich, rasch die Krümel von dem runden Hügel der Weste, über dem sich die dicke goldene Uhrkette schlängelte, abzuschütteln und sagte: »Mein altes Mäuschen, ich muß leider schleunigst fort. Wenn du mir noch etwas zu sagen hast, telephoniere, du weißt: 8182.«

Er kniff Frau Anna in gewohnter Weise in die rechte Backe und beeilte sich, aus dem Zimmer zu kommen.

Aber ein Ehemann ist selten sein eigener Herr.

»Ich habe mit dir zu reden«, sagte Frau Anna sanft, aber fest. Und Bomberlings Füße waren gebannt.

Frau Anna begann. Aber sie hielt sich nur kurz bei dem vielen Leid auf, das sie durch die Art von Bomberlings Beruf gelitten. Sie sprach von Babette. In ernstem Ton erinnerte sie ihren Gatten daran, daß das Kind in diesem Oktober siebzehn Jahre alt werde. Und ehe noch Bomberling hätte einwenden können, daß er zu jedem Geschenk bereit sei, hatte sie ihm feierlich erklärt, daß viele Mädchen aus guter Familie in diesem Alter schon verlobt wären.

Sie schöpfte ein wenig Atem, und es gelang Bomberling zu sagen, daß ein Mädchen warten müsse, bis der Rechte kommt.

Dabei hatte er sich schon wieder zum Gehen gewandt, denn er wußte nicht, daß die Unterhaltung erst jetzt begann.

Ohne von seinen Worten Notiz zu nehmen, sprach Frau Anna weiter, ohne Aufenthalt, ohne zu stocken.

So wie man redet, wenn man weiß, was man will. Sie teilte Bomberling mit, daß die Eltern für das Glück der Töchter zu sorgen hätten. Daß dies in seinen Kreisen zu den ersten Pflichten der menschlichen Natur gehöre.

Napoleon schmetterte in seinem Bauer einen langen Triller, und Frau Anna unterbrach sich und rief: »Halt den Schnabel, Napoleon.«

Aber auch die Zwiesprache zwischen den Gatten wurde nun heftiger. Denn Frau Anna war etwas außer Atem gekommen, und Bomberling fand Zeit zu antworten.

Bis Frau Anna den Namen und das Einkommen eines Geheimen Regierungsrates über den Frühstückstisch schleuderte.

Erst nach einer Weile fragte Bomberling leise und verdutzt: »Liebt sie ihn denn?«

»Sie kennt ihn doch noch gar nicht«, sagte Frau Anna, nun wirklich ärgerlich über so viel Schwerfälligkeit.

Sie goß sich Eau de Cologne auf das Taschentuch und tupfte sich hörbar atmend die Stirn.

Das war eine Wendung des Gesprächs, die Bomberling nicht fremd war. Er atmete erleichtert auf, zündete seine Zigarre, die bei dem schnellen Wortwechsel ausgegangen war, noch einmal an und maß dabei die teppichbelegte Strecke bis zur Tür. Da läutete es draußen.

Für den Großstädter ist die Türklingel die Stimme des Schicksals. Es wollte offenbar Bomberling zur Hilfe kommen.

Frau Anna zuckte zusammen, griff ohne Zögern zum Schlüsselkorb und verschwand.

Bomberling war nicht der Mann, der Zeit verlor. Im gleichen Augenblick war er zu der anderen Tür hinaus. Draußen auf der Diele fand er sich seinem Neffen Paul gegenüber, der sich vergeblich bemühte, den Hut abzunehmen, denn er hatte die Arme voll Blumen.

Bomberling zog seine Uhr.

»Ist es nicht längst Geschäftszeit, Junge?« fragte er.

Paul bejahte das, aber auf dem Wege zur Fabrik habe er in einem Laden diese Blumen gesehen. Babette hatte gestern so bedauert, daß man nirgends mehr Maiglöckchen bekomme. Da hätte er ihr diese rasch bringen wollen.

»Dann tu's nur und komme mir dann nach«, sagte Bomberling. Damit fiel die Tür hinter ihm zu. Er wollte seine Freiheit nicht noch einmal aufs Spiel setzen. –

Als ihn ein Stadtauto geschwind und geschickt durch das Gewimmel von Straßen und Plätzen trug, wo sich die frische Geschäftigkeit eines neuen Tages regte, dachte er, wie einfach es wäre, wenn aus Babette und Paul ein Paar werden würde.

Gerade im Jahr, als Babette geboren werden sollte, war ihm Paul, der damals zehnjährig war, als einzige Erbschaft eines Onkels zugefallen, den man in der ganzen Familie stets den Erbonkel genannt hatte.

Aber Testamente bergen noch mehr Wunder als andere Geheimnisse.

Als der Onkel starb, hinterließ er den betrübten Verwandten nichts als diesen Sohn. Die anderen lehnten die Annahme dieser Erbschaft ab. August trat sie an. Alle belächelten seine Dummheit, denn damals war sein Geschäft noch klein, und er hätte wohl genug an seinen eigenen Kindern haben können.

Aber unsere Dummheiten sind oft das Klügste, was wir im Leben tun. Paul war jetzt längst sein einziger Vertrauter in dem großen Fabrikbetrieb, der unaufhaltsam anwuchs und immer weitere Anforderungen an Überlegung und Arbeitskraft stellte.

Denn alles kommt anders. Er hatte gedacht, daß etwas, das nicht modern war, nicht unmodern werden konnte. Das war ein Irrtum gewesen. Man hatte den Stil erfunden. Alles mußte jetzt stilvoll sein. Man wollte auch hier Eigenart. Besondere Linien in der Schnitzerei. Mit Kunst gehämmerte Beschläge. Dann wurde das Verbrennungssystem immer moderner und beliebter. Man mußte auch geschmackvoll ausgestattete Urnen führen.

Als sich bei Paul ein nettes Zeichentalent zeigte, hatte ihn Bomberling auf die Kunstschule geschickt.

Er wurde sein erster Zeichner und leitete nun das große Schnitzatelier der Fabrik. Und das war gut; denn Bomberling konnte rechnen wie ein Finanzminister, aber vom Zeichnen verstand er soviel wie von der Musik. Es wollte ihm nicht einleuchten, warum ein Schnörkel schöner sein sollte, wenn er nach rechts umbog statt nach links. Die Menschen machten sich das Leben auf alle Weise verzwickt.

Er runzelte die Stirn. Der Geheime Regierungsrat fiel ihm ein. Ärgerlich warf er den Stummel seiner Zigarre zum Wagenfenster hinaus. In der Großstadt findet alles sein Unterkommen. Ein Schusterjunge fing ihn auf und steckte ihn in den Mund.

Bomberling mußte lachen. Gesunde schleppen sich nicht lange mit Ungemach. Als das Auto hielt, war es Bomberling schon wieder behaglicher zumut, und als er erst bei der Arbeit war, und die neueste Musterkollektion aus Ebenholz in Augenschein nahm, hatte er seine alte Fröhlichkeit wiedergefunden ...

Inzwischen wartete Paul auf Babette. Als nahen Verwandten des Hauses hatte ihn das Mädchen nicht in das Kulturgebiet, sondern in das Speisezimmer geführt. Dort war niemand, nur Napoleon trillerte einen Morgengesang. Das laute Stimmenduett der ehelichen Unterredung hatte ihn angeregt.

Paul sah ernsthaft auf den kleinen gelben Federball, der sich beleidigt aufplusterte, weil jemand näher kam, und dachte: »Du hast es gut. Du siehst sie alle Tage.«

Niemand kam. Paul ging zum Büfett, um sich in dem blanken Silbertablett zu spiegeln. Er hatte keine Ahnung, welche Krawatte er heute umgebunden hatte. Als er von Hause fortging, wußte er ja nicht, daß er Babette heute sprechen würde. Aber das einfältige Tablett verkleinerte ihn auf lächerliche Weise. Die Krawatte war nichts als ein undeutlicher Fleck.

Als Paul es mit den Fensterscheiben versuchen wollte, wurde er gestört. Babette war hereingekommen. Ihr blondes Haar schmiegte sich glatt an den zierlichen Kopf und leuchtete über den Ohren in zwei dicken Puffen.

Ein schwarzes Samtkleid, gürtellos und eng geschnitten, das den Hals freigab, ließ ahnen, wie schön das ganze Mädchen war.

Mit ganz besonderer Sorgfalt hatte sich Babette heute gekleidet: Denn sie hatte etwas sehr Besonderes vor.

Ein Lächeln auf dem Gesicht, hatte sie Paul gefragt, was ihn so früh hergeführt habe, als sie auch schon die Blumen bemerkte und an Paul vorüber zum Tisch eilte.

»Wie schön!« rief sie. »Die ganze Nacht träumte ich von Maiglöckchen.«

Eilig nahm sie einen Busch von den weißen Blüten und hellgrünen Blättern in den Arm, um sie sofort in ihr Zimmer zu tragen.

In der Tür besann sie sich. Sie drehte sich lächelnd zu Paul zurück und sagte, daß er nicht etwa zu warten brauche, bis sie wieder zurückkäme, sie wisse ja, daß er in die Fabrik müsse. Dann nickte sie ihm freundlich zu und verschwand.

Langsam ging Paul hinaus. Er hätte den Hut viel rascher nehmen können, als er tat; denn seine Arme waren jetzt leer.

Als Babette zurückkam, goß sie sich stehend ein wenig Kaffee ein und biß in ein braunes Semmelchen. Kauend ging sie hin und her, mit ihren Blumen beschäftigt.

Sie hatte nie Geduld, sich schon am Morgen feierlich vors Essen zu setzen, und heut besonders nicht.

Sie hatte beschlossen, den berühmten Schauspieler zu besuchen, der als Romeo und Hamlet, als Don Carlos und Faust teils über ihrem Waschtisch hing, teils hinter ihrem Spiegel steckte. Sie wollte ihn um ein Autogramm bitten. Ob er die Blonden leiden mochte? Man sagte, daß er ein Südländer sei. In der italienischen Stunde mußte sie stets an ihn denken. *Io t'amo* = ich liebe dich.

Sie fuhr ertappt zusammen. Hermann war ins Zimmer gekommen und ließ sich auf einen Stuhl plumpsen. »Vater schon bei seinen Särgen?« fragte er und gähnte.

Babette fragte zurück: ob etwa sein Frühaufstehen bedeute, daß er ins Kolleg ginge?

»Unsinn, Frühschoppen«, knurrte Hermann, gähnte wieder und klingelte nach warmem Kaffee.

Babette suchte den Rest der Blumen zusammen, nickte dem Bruder freundlich zu und ging hinaus. Sie mußte in den Unterricht zu Fräulein Grisheim hinaus.

Ehe sie die Wohnung verließ, suchte sie die Mutter auf.

Mißtrauen ist die Tugend der Hausfrau. Frau Bomberling saß in der Küche und beobachtete durchs Lorgnon das Kochen der Quittenmarmelade.

Babette gab ihr einen herzlichen Kuß und dachte zärtlich: »Wie stolz würde die Gute sein, wenn sie die Schwiegermutter des berühmten Schauspielers wäre.«

Die Mutter streichelte lächelnd Babettes weiche Wangen und dachte gerührt: Meine Geheime Frau Regierungsrat.

Hoffnung hat verschiedene Gesichter ...

Zwischen den Büchern und Heften ein Bild ihres Romeo, betrat Babette bald darauf mit fröhlichem Morgengruß Fräulein Grisheims Schulzimmer. Sie tauschte mit Hilde Wegner, ihrer Vertrauten, einen Blick des Einverständnisses. Heute also.

Dann begann der Unterricht.

Auch Mädchen müssen für den Kampf des Lebens gerüstet werden. Fräulein Grisheim führte die jungen Damen in die Sprache und Kunstgeschichte Italiens ein, damit sie auf der Hochzeitsreise Vergnügen hatten. Die Mädchen kicherten viel. Bei den einfachsten Sätzen lachten sie.

»Kellner, ist dieses Zimmer verschließbar?« sollte übersetzt werden, aber nichts war zu hören als das Gequietsch unterdrückten Lachens.

Fräulein Grisheim sah wütend in die blauen Augen und glatten Gesichter und suchte eilig die nächste Reihe des Vokabelbuchs. Mit ihrer harten Altmädchenstimme, die nie hatte Liebesworte sagen dürfen, schrie sie nun: »Sie brauchen uns morgen früh nicht zu wecken.«

Auch das schien nicht das Richtige zu sein. Das Gequietsche verstärkte sich.

Aber auch die längste Stunde hat nur sechzig Minuten. Von einer nahen Fabrik pfiff es Mittag. Die Bücher klappten zu.

Das war die einzige Minute am Tage, wo Fräulein Grisheim lächelte ...

Arm in Arm gingen Babette und Hilde Wegner durch die Straßen.

Sie waren Freundinnen, seit sie sich bei Fräulein Grisheim kennen gelernt hatten. Die tiefsten Gründe aller Freundschaft verbanden sie. Sie taten sich gegenseitig leid und sie beneideten einander.

Babette bewunderte an Hilden, daß ihr Vater ein höherer Beamter und ihr Bruder Offizier war, und sie bedauerte sie, weil sie schon zweiundzwanzig Jahre alt und gar nicht hübsch war. Hilden tat Babette leid, weil ihr Vater diese gräßliche, unheimliche Fabrik hatte und weil sie überhaupt nicht aus feiner Familie war. Aber sie beneidete sie um ihr blondes Haar, nach dem sich jeder auf der Straße umsah, und beinahe noch mehr um ihr behagliches, helles Mädchenzimmer.

Seit Hildes Bruder das Leutnantspatent hatte und nie mehr mit seinem Monatswechsel auskam, war die Wohnung ihrer Eltern sehr zusammengeschrumpft.

Nur die Repräsentationsräume waren geblieben.

Hilde schlief auf einem Ausziehsofa im Speisezimmer, und ihr kleines, buntes Hab und Gut aus Schleifen, Schleiern, Spitzenkragen und Ansichtskarten mußte sie in einem Tischkasten der Badestube aufbewahren, die zugleich ihr Ankleidezimmer vorstellte. Sie hatte keinen Fleck, der ihr gehörte.

Darum sehnte sie sich im geheimen, zu heiraten.

Babette und Hilde sprachen eifrig von dem großen Schauspieler, auf dessen Wohnung sie jetzt zuschritten. Bei jeder Anschlagsäule machten sie halt, um seinen Namen auf dem Theaterzettel zu lesen. Babette empfand, daß sein Ruhm auch sie anging. In wenigen Augenblicken würde sie vor ihm stehen.

Hilde sollte vor der Haustür warten. Sie bot sich an, mit hinaufzukommen, aber Babette nahm diesen Freundschaftsdienst nicht an. Mit dem zierlichen Kopfnicken, das sie immer anwandte, wenn sie jemanden nicht mehr brauchte, verschwand sie im Haus.

Ein Dienstmädchen, das einen dicken, kleinen Jungen auf dem Arm hatte, öffnete ihr die Wohnungstür und führte sie in ein buntes, mit Büchern und Bildern beladenes Zimmer.

Hier wartete Babette in großer Erregung.

Wie mochte seine Stimme klingen, wenn er guten Tag sagte? Konnte er überhaupt etwas anderes als Verse sprechen?

Aber auch Götter sind von Haus aus Menschen.

Im Nebenzimmer klapperten Teller und jemand sagte unwirsch: »Kannst du denn dem Rindvieh von Köchin nicht beibringen, daß sie die Zwiebeln ordentlich braun brät?«

Babette zuckte zusammen. Das war seine Stimme. Deutlich hatte sie ihren Klang im Ohr, wie sie jubelte: »Oh Königin, das Leben ist doch schön.«

Jetzt wurde drinnen ein Stuhl beiseite geschoben. Schritte näherten sich der Tür.

Ohne zu überlegen lief Babette aus dem Zimmer. Flinker als eine Eidechse war sie aus der fremden Wohnung verschwunden.

Als Hilde sie mit vielen Fragen empfing, sagte sie, daß man über ein solches Erlebnis nicht sprechen könne.

Hilde blickte die blonde Freundin bewundernd an. In tiefem Schweigen schieden sie.

Aber als Babette nach Hause kam, nahm sie sämtliche Photographien dieses Mannes von der Wand und warf sie in einen schwarzen Kasten. Sie war wütend, daß ihr dabei die Tränen über die Backen kugelten.

Was ging sie ein Mensch an, der Zwiebeln aß.

Indessen hatte auch Babettes Mutter die Zeit genützt. Nachdem die Quittenmarmelade eingefüllt und die Gläser dreimal überzählt worden waren, war Frau Anna für eine Stunde in ihr Schlafzimmer verschwunden.

Die Zeit verändert.

Als sie wieder herauskam, war sie eine bedeutend schlankere, elegante Dame geworden, mit einer Fülle von Locken unter Hut und Schleier. Wie bei dem Frühling selbst wehte ein starker Blütenduft vor und hinter ihr her. Ehrerbietig legte das Mädchen die breite Pelzgarnitur um die vollen Schultern der gnädigen Frau, reichte ihr den großen Muff mit dem künstlichen Veilchenstrauß und öffnete die Tür zum Fahrstuhl.

Langsam glitt Frau Bomberling zur Erde nieder.

Sie wollte ihre Freundin, die Frau Geheimrätin, besuchen, eine feine und liebenswürdige Dame. Ihr verstorbener Mann war ein großer Gelehrter gewesen. Man hatte eine ganze Käferfamilie nach ihm benannt. Außerdem, wie so manches zusammentrifft, war die Rätin die Tante jenes Geheimen Regierungsrates.

Frau Geheimrat hatte es trotz der ehrenvollen Beziehung zu der neu entdeckten Käferfamilie recht knapp. Sie lebte ohne Dienstmädchen und ließ sich nur die gröbste Arbeit ihres Haushaltes von der Portierfrau besorgen. Das übrige tat sie selbst in Glacéhandschuhen und einem Häubchen auf dem Haar.

Aber auch mit Glacéhandschuhen angefaßt, bleibt der Alltag grob.

Die Portierfrau zeigte nicht genügend Respekt und grinste höhnisch, wenn sie den geringen Küchenabfall forttragen sollte. So hatte Frau Geheimrat ihre Freundin Bomberling gebeten, ihr doch einige Sektpfropfen mitzubringen, die sie dann und wann in den Abfalleimer der Küche werfen konnte.

Frau Anna hatte bereitwilligst zugesagt. Obgleich auch Bomberlings, wenn sie unter sich waren, ohne jeden übertriebenen Aufwand speisten.

Aber wir müssen uns der hohen Meinung unserer Freunde nicht unwert zeigen.

Frau Bomberling ging in ein Weingeschäft, bestellte einige Flaschen roten Tischwein und bat den Verkäufer um einige alte Champagnerpfropfen.

»Aber natürlich französische«, fügte sie hinzu.

Sie wurde von Frau Geheimrat mit großer Freude empfangen, denn diese hatte sich soeben fürchterlich geärgert und war überaus froh, jemandem ihr Herz ausschütten zu können. Die Portierfrau hatte eine kleine Gipsbüste zerschlagen, die Schiller dargestellt hatte. Statt ein Wort der Enschuldigung zu sagen, hatte sie behauptet, daß Schiller doch nicht mehr modern war.

»Was sagen Sie dazu?« fragte die Frau Rätin, vor Erregung zitternd.

Frau Bomberling errötete. Sie hatte keine Erfahrung auf diesem Gebiet. Aber es schien ihr, daß das Theaterstück Don Carlos, das sie erst kürzlich mit Babette gesehen hatte, von diesem zerbrochenen Schiller gemacht worden war.

»Das sind so Ansichtssachen«, sagte sie zögernd.

»Gewiß, gewiß«, beeilte sich die Freundin zu sagen. – »Aber daß sich eine solche Person mir gegenüber ein literarisches Urteil herausnimmt. Ein kleiner Standesunterschied muß doch schließlich noch da sein.«

Frau Bomberling überreichte das Päckchen mit den Pfropfen und machte die Beschenkte darauf aufmerksam, daß es echte französische wären. Frau Rätin könne jederzeit neue bekommen. Diese dankte herzlich und versicherte, daß sie lange damit auskommen werde. Jeden Sonntag einen Pfropfen in den Kasten wäre reichlich genug. Man muß nicht verschwenden.

Nun war die Reihe zu erzählen an Frau Anna. Sie berichtete, wie fleißig ihre Kinder um ihre Bildung bemüht waren. Babette im italienischen Unterricht und Hermann im Kolleg. Und dann erkundigte sie sich höflich, ob Frau Rats Neffe inzwischen angekommen sei. Denn der Herr Regierungsrat sollte erst in diesen Tagen in die Großstadt versetzt werden.

Die Rätin nickte vor Freude. Gestern hatte der gute Junge sie besucht. Sie hatte ihm sofort von ihrer lieben Freundin und deren Angehörigen erzählt.

Frau Bomberling erkundigte sich behutsam nach dem Alter des guten Jungen.

Die Tante runzelte die schmale Stirn und fragte nach einiger Überlegung, daß sie das nicht so genau in ihrem armen alten Kopf habe. Er wäre wohl so gerade in die Vierzig hineinmarschiert. Vielleicht war er auch schon fünfundvierzig. Am Ende sogar achtundvierzig. Möglich ist alles. Aber wie dem auch sei. Im Vergleich zu der Höhe seines Titels sei die Zahl seiner Jahre immer noch niedrig.

So redeten sie noch allerhand, was so zwischen Mutter und Tante zu sprechen war. Als Frau Bomberling aufbrach, lud sie ihre liebe Freundin zum Abendessen ein an Babettchens siebzehnten Geburtstag. Wenn der Herr Regierungsrat sie begleiten wollte, würde er sehr willkommen sein.

Frau Rat versprach die Einladung zu übermitteln. Sie glaubte beinah, schon heute für ihn zusagen zu können.

Sie schieden mit dem Lächeln fester Freundschaft. –

Als Frau Bomberling auf die Straße trat, spiegelte sich die rötliche Herbstsonne schon in den billigen Dachwohnungen. Sie war also im Untergehen. Es fehlte nicht viel an der Stunde, wo bei Bomberlings gegessen wurde. Aber es war von jeher Frau Annas Vorrecht gewesen, einige Minuten zu spät zu kommen. Sie beschloß, zu Fuß zu gehen, einige Bewegung würde ihr gut tun.

An der nächsten Straßenecke stand ein Wagen, überhäuft mit weißen Blumenkohlköpfen, die zu verblüffend billigen Preisen verkauft wurden.

Frau Anna hielt inne und trat an den Wagen, vor dem sich Frauen und Mädchen drängten und pufften. Sie vergaß immer wieder auf Augenblicke, daß es bei Bomberlings nicht auf fünf Pfennige mehr oder weniger ankam. Es gelang ihr, vier große, feste Köpfe zu erstehen und beim Schluß noch fünf Pfennige von dem billigen Preis herunterzuhandeln. Herzlich froh ging sie weiter.

Aber Besitztum ist Bürde.

Bei jedem Schritt wurde das Paket schwerer. Das alte Zeitungspapier öffnete sich, und die prallen Köpfe begannen mit jedem Vorübergehenden zu kokettieren. Alle schienen diesem frechen Gemüse, das sich gegen das kostbare Pelzwerk drängte, zuzulächeln. Frau Anna mußte von Schritt zu Schritt mehr befürchten, daß ihr der Kohl davonrollte. Sie glühte vor Angst und Verlegenheit, und schließlich war ihr Widerstand gebrochen. Sie winkte einem Auto.

Einige Minuten später war sie zu Haus. Bomberling war schon da. Im Eßzimmer, wo die Fenstervorhänge zugezogen waren und das Licht behaglich den gedeckten Tisch beschien, wanderte er auf und ab.

»Mäuschen, mein Magen knurrt«, rief er fröhlich, als er Frau Anna kommen hörte.

Bald saßen alle um den Tisch.

Bomberling hielt sich nicht lange mit Reden auf, sondern griff hastig zu.

Frau Anna hatte der Blumenkohl den Appetit verdorben.

Hermann, dessen Frühschoppen bis jetzt gedauert hatte, war von seinen Angehörigen durch einen dichten Nebel getrennt. Schleier wogten vor seinen Augen.

»Ich habe die Frau Geheimrat eingeladen«, sagte Frau Anna. »Zu einem Abendessen an Babettchens Geburtstag. Wahrscheinlich wird sie ihr Neffe, der Geheime Regierungsrat Koberstein, begleiten. Er soll ein charmanter Mann sein.«

Babette verzog den Mund. Sie freute sich nicht mehr über ihren Geburtstag.

Sobald das Essen beendet war, setze sie sich wieder an den Flügel und spielte, im tiefen Dunkel, einen Trauermarsch nach dem anderen.

Aus Frühstück, Mittag- und Abendbrot formten sich weiter die Tage, die auf Babettes Geburtstag zuschritten.

Aber Babette war wieder heiterer geworden. Die Zwiebeln des Romeo waren ein wenig vergessen. Denn Hildes Bruder, der Leutnant, war zu Besuch gekommen und holte die beiden Freundinnen jeden Mittag aus dem Unterricht ab.

Babette fand, daß eine Uniform das Straßenbild wohltuend belebte ...

Frau Bomberling steckte in diesen Tagen über und über in Arbeit.

Von früh bis abends machte sie Einkäufe und Bestellungen. Sie scheute keine Mühe. Das Essen sollte gut und reichlich werden. Bomberlings Gäste sollten sich satt essen können.

Eines Mittags fand man beim Nachhausekommen auch eine Karte vor: Gustav Koberstein, Geheimer Regierungsrat.

Erfolg spornt an. Frau Anna schlief mit dem Kochbuch auf dem Nachttisch ...

Und endlich war der Abend da.

Das ganze Kulturgebiet war hell erleuchtet. Von den Decken, aus den Wänden, auf den Tischen glühten die elektrischen Lampen. Der Kupferstich mit dem lächelnd verliebten Paar glich einem Spiegel, glitzernd warf er die vielen Lichter zurück. Die Zaren und Großfürsten im Tassenschrank glänzten in vollem Ordensschmuck.

Im Eßzimmer stand die gedeckte Tafel.

Babette hatte sie geschickt mit duftenden Veilchen bestreut. Seit heute morgen war diese kleine Blume ihr Liebling. Auch am Gürtel ihres weißen Kleides trug sie einen Strauß davon. Frau Bomberling fragte, von wem sie die vielen Veilchen eigentlich hätte. Babette konnte sich nicht recht entsinnen. Möglich, daß sie von Hildes Bruder, dem Leutnant wären, antwortete sie.

Um den Hals trug Babette die haarfeine Goldkette, die ihr der Vater heute geschenkt.

Bomberling hatte sie selbst gekauft.

Er hatte das Auto vor einem eleganten Juwelierladen halten lassen und von dem vornehmen Herrn, der im Gesellschaftsanzug hinter dem Ladentisch stand, einen Schmuck für den sehr hübschen Hals einer jungen Dame verlangt. Man hatte ihm höflich zu dieser sehr feinen Goldschnur geraten, an der eine einzelne Perle wie ein aufgefangener Tropfen hing. –

In seinem Büro hatte Bomberling sie noch einmal ausgepackt. An seinem Schreibtisch, wo sich schwarze und weiße Holzleisten türmten und Zeichnungen von Särgen und Grabstätten wenig Raum ließen, saß er und ließ die feine Kette durch seine runden Finger gleiten. Als er sie sorgsam zurückgebettet hatte in das feine Lederkästchen, lag ein Lächeln, nachdenklich und zufrieden, auf seinem Gesicht.

Wo gehobelt wird, fallen Späne ab.

Babette war froh mit der Perle.

Als der Vater nach Haus kam, umarmte sie ihn und sagte: »Ich muß immer daran denken, daß sie tief unten im Meer, verborgen in einer Muschel, lag.«

Und dann lief sie an den Flügel und spielte einen wilden Tanz.

Bomberling stand mit Staunen und Stolz vor der blitzenden Tafel. Er bewunderte Anna. Woher nur verstand sie das alles?

Er wußte nicht, daß in jeder Frau ein Stück Prinzessin steckt. Diese Tafel hatte Anna schon mit sechzehn Jahren gesehen. Als die Funken aus den Hufeisen stoben.

Aber wo war Anna? Bomberling hatte sie im ganzen Kulturgebiet vergeblich gesucht. Endlich fand er sie in der Plättstube, wo die Kreidezeichnungen beider Elternpaare auf Reihen von Weinflaschen und garnierten Schüsseln niederstarrten.

Hier stand Frau Bomberling mit Herrn Schütte. Herr Schütte war der Lohndiener. Frau Rätin hatte ihn ihrer Freundin empfohlen. Er war ein Diamant. Wo er half, blieb nichts zu wünschen übrig. Er tat restlos seine Pflicht.

Eben war er gekommen. Er bat nun um die speziellen Wünsche der Gnädigen. Frau Anna sprach erregt in sein Gesicht, das glatt und unbeweglich wie eine Wachsmaske blieb und nur schmerzlich zusammenzuckte, wenn die gnädige Frau den französischen Namen eines Gerichts aussprach.

Frau Anna war recht erleichtert, als Herr Schütte sie bald unterbrach und ihr mit einer dankbar ablehnenden Handbewegung zu verstehen gab, daß er schon genügend orientiert sei.

Er verbeugte sich und ging, um seine weißen Handschuhe zu holen, zu seinem Überzieher, den er bescheiden hier an der Vorratskammer an einen Nagel gehangen hatte. Er mußte eine Weile suchen, und sah sich nervös nach Frau Anna um, die immer noch, ganz ohne Grund, hier anwesend war. Denn die Taschen dieses Mantels waren tief.

Nicht jeder ist seines Namens wert. Das Futter dieses Rockes verdiente seinen Namen in des Wortes weitester Bedeutung. Nur an der Peripherie des Mantels angenäht, hatte es manches Rebhuhn, manche Pastete und manche Flasche Wein umschlossen, ganz abgesehen von dem Überfluß an Obst, Zigarren und Konfekt, an den es beständig gewohnt war. Denn Herr Schütte hatte eine Familie zu Haus. Jeder Mann muß für die Seinen sorgen.

Als Frau Anna ihren Gatten in der Tür erblickte, erschrak sie. Sie hatte ihm noch am Nachmittag telephonieren wollen, daß der Herr Regierungsrat vielleicht 48 Jahr sei. Entfernung mildert. August dies einfach ins Gesicht zu sagen, hatte sie von Tag zu Tag verschoben. Aber jetzt war keine Zeit mehr zu Privatunterhaltungen. Es konnte jeden Augenblick klingeln. Bomberling mußte sich rasch einen schwarzen Anzug anziehen. Frau Anna war schon lange stattlich und pompös.

Herr Schütte, der jetzt die Handschuhe angezogen hatte, sagte mit dem vornehmen Flüsterton, der ihm eigen war: »Verzeihung, gnädige Frau, man läßt es nicht zum Klingeln kommen. Ich begebe mich jetzt auf die Diele. Höre ich Schritte auf der Treppe, öffne ich. Ich muß die Herrschaften bitten, sich in den Salon zu begeben.«

Frau Anna bat höflich, ob sie noch einen raschen Blick in die Küche werfen dürfe. Herr Schütte erlaubte es mit einem bedauernden Achselzucken.

Als Frau Anna den Korridor zurückgeeilt kam, sagte Herr Schütte, ob die gnädige Frau nichts dagegen habe, wenn er beim Einschenken die Marke der Weine in die Ohren der Gäste flüstere. Er sei das so gewohnt.

»Muß das sein?« fragte Frau Anna und starrte erschreckt in die rasierte Unbeweglichkeit vor ihr.

Herr Schütte nickte wortlos.

Frau Anna schwieg einen Augenblick. Dann sagte sie unsicher, sie glaube, nur der Sekt habe einen festen Namen.

Herr Schütte beruhigte sie. Er murmele überhaupt nur ganz erstklassige Marken.

Damit verbeugte er sich und öffnete die Tür des Salons.

Ein tüchtiger Diener erspart manches.

Beruhigt rauschte Frau Anna hinein.

Bomberlings warteten. Erst schien es, wie wenn alle die Einladung vergessen hätten. Aber dann kamen sie rasch hintereinander.

Zuerst Hilde Wegner und ihr Bruder Fritz in Uniform. Dann Paul mit schönen Blumen. Hinter ihm Bomberlings Lagerchef, ganz frisch vom Frisör. Am Arm führte er seine junge Frau, die in Trauer war. Sie sagte entschuldigend, daß sie ihre Großmutter verloren habe und eigentlich noch keine Festlichkeiten mitmachen dürfe. Aber diese kleine Abendgesellschaft sei ja kein großes Vergnügen.

Inzwischen war ein Studienfreund Hermanns gekommen, der vor jedem eine tadellose Verbeugung mit

Hackenklappen gemacht hatte. Und endlich die Frau Geheimrätin mit ihrem Neffen, dem Geheimen Regierungsrat Gustav Koberstein.

Wenn es nicht nötig gewesen wäre, noch auf Onkel Albert und Tante Helene zu warten, hätte man sofort zu Tisch gehen können.

Babette saß auf einer Stuhllehne und beobachtete den neuen Bekannten, der sich neben den Vater gesetzt hatte und sich mit diesem unterhielt.

Er war groß und hager. Seine Nägel waren blank wie seine Lackschuhe. Seine Stirn reichte bis ins Genick.

Babette schnupperte ein wenig in die Luft. Dann rutschte sie rasch vom Stuhl. Sie wollte Hilde Wegner erzählen, daß sich der Herr Regierungsrat parfümiere.

Hermann und sein Freund verständigten sich mit einem Blick der Bewunderung über das Monokel des Herrn Rats, das fest, wie angeleimt, unter den Augenbrauen saß. Der Kerl war ein Kavalier. Ohne Frage. Inzwischen erzählte der Herr Regierungsrat, lässig in seinen Stuhl zurückgelehnt, diesem Sargfabrikanten vor allen Dingen erst einmal, daß er ein Kerl sei, der unglaublich schnell Karriere gemacht habe. Mit fabelhafter Fixigkeit, die ihm sobald keiner nachmachen werde.

Das war nicht zu Unrecht behauptet. Der Zufall läßt sich schwer wiederholen, und er war es gewesen, der den Herrn Koberstein so rasch hatte avancieren lassen. An einem Vormittag nämlich, als sich Herr Koberstein wieder einmal bodenlos langweilte, hatte er auf die leere Hälfte eines Aktenstückes, das er bearbeiten sollte, ein großes schönes Fragezeichen gezogen. Mit einem dicken Buckel, wie ein Gläubiger, und einer schlanken Taille, wie ein hübsches Mädchen. Und darunter einen Punkt, voll und rund wie die Erde. Gerade als er fertig damit war, wurde die Tür aufgerissen, und sein Vorgesetzter kam herein. Vergebens versuchte Herr Koberstein die Frucht seiner unverlangten Zeichenkunst zu verstecken.

»Sie haben etwas Fragwürdiges gefunden? Geben Sie her.«

Was einmal über uns verhängt ist, geschieht auch. Die Akten wurden geprüft. Herr Koberstein hatte eine große Unterschleifung aufgedeckt und seiner Behörde einen großen Dienst geleistet.

Es gehört zu den meisten Dingen viel weniger Verstand, als wir glauben.

Aber das war schließlich eine persönliche Angelegenheit des Herrn Regierungsrats. Es ist begreiflich, daß er nicht auf diese Einzelheiten zurückkam.

Außerdem wurde er durch das Erscheinen der letzten Gäste unterbrochen. Onkel Albert und Tante Helene waren gekommen.

Frau Bomberling hätte sie von Herzen gern nicht eingeladen. Sie paßten nicht in diese Gesellschaft. Aber Albert war Augusts Bruder, und wenn man Helene gebeten hätte, ihren Geburtstagsbesuch auf einen anderen Tag zu verschieben, wäre sie gerade gekommen. Denn Tante Helene war eine von denen, die nicht einsehen, warum man es allen Menschen recht machen sollte.

Von ihrem Mund schrägten sich zwei kleine Falten ab, die ein dauerndes Lächeln auf ihr Gesicht zeichneten. Das war eine Täuschung. Sie lächelte nie.

Als sie jetzt in den Salon trat, sagte sie, daß sie nicht zu spät gekommen wäre, wenn sie sich wie gewisse andere Leute ein Auto hätte leisten können. Dann begrüßte sie mit scharfen Augen die übrigen Gäste. Einen Schritt hinter ihr machte Albert in kurzen Stößen seine Verbeugungen. Sein langer schwarzer Rock hing auf seinen eckigen Schultern wie auf einem harten Kleiderbügel. Ein langer Bart, grau und wohlgepflegt, gab ihm ein würdiges Ansehen. Er war Beamter einer Lebensversicherung, und so waren auch die Berufe der Brüder gewissermaßen verwandt.

Herr Schütte schob die Türen auseinander. Man ging zu Tisch.

Als Frau Bomberling sah, daß die Pastete auf der Schüssel tadellos lag, atmete sie erleichtert auf.

Neben ihr sprach der Herr Regierungsrat von den entzückenden Variationen, die man heute bei den Autohupen fände. Sein Freund hatte jetzt eine Hupe, die wie ein alter Hund hustete. Ein ganz bezauberndes Dings.

»Hochinteressant«, flüsterte Frau Bomberling und flehte zu Gott, daß er die Forellen nicht zerfallen lasse.

Schließlich waren alle im lebhaften Gespräch. Es war wie sonst im Lärm des Lebens, man verstand die anderen besser als sich selbst.

Man hörte Frau Bomberling sagen, daß nur ein Mann, der seinen eigenen Hausstand habe, seine volle Manneswürde besitze.

Und Tante Helene die Schoten tadeln, weil sie so leicht vom Messer rollten.

Und Paul dem Leutnant zurufen, daß ein junges Mädchen noch nicht sein Herz verstände.

Dazwischen klirrten die Gläser und klapperten die Teller. Herr Schütte bediente den Herrn Regierungsrat mit besonderer Aufmerksamkeit. Er hatte Erfahrung. Immer der Älteste sollte der Bräutigam werden. Die jungen Pflänzchen waren nur zum Ausputz da. Plötzlich sagte Tante Helene laut und schrill: »Nun wird's mir aber zu bunt. Sobald der Kerl mir Wein eingießt, flüstert er mir eine Unanständigkeit ins Ohr.«

Herr Schütte ging ruhig weiter, flüsterte dem Mädchen »Pißporter« ins Ohr und goß Wein ein. Die jungen Leute lachten. Frau Rätin sah stumm auf ihren Teller, nur ihre langen grauen Augenwimpern fächelten auf und nieder. Der Herr Regierungsrat klemmte sein Monokel ein und sah sich die Tante Helene an, bis man sie von allen Seiten über ihren Irrtum aufgeklärt hatte.

»Alle Tage kommt etwas Neues auf«, sagte sie unwirsch, während ihr Gesicht nur lächeln konnte.

Frau Anna hatte zwei rote Nelken auf den Backen, sie ließ Tante Helene und Onkel Albert noch einmal die Speisen anbieten.

Kauen ist dem Gespräch hinderlich.

Dafür belebt der Wein die Zunge, und Herr Schütte schüttete Tante Helenes Glas aufs neue voll bis zum Rand, sobald sie nur daran genippt hatte. Man rächt sich mit den Mitteln, die einem zu Gebote stehen.

So kam Tante Helene ins Schwatzen. Sie erzählte dem Herrn Regierungsrat und jedem, der es hören wollte, daß auch sie sich nicht ihrer Herkunft zu schämen brauche. In der kleinen Stadt, aus der sie stammte, war ihre Mutter die erste Frau gewesen, die ein echtes falsches Gebiß hatte. Der ganze Ort sprach noch heute davon. Sie setzte es nie im Hause ein, sondern, wenn sie fortging, rief sie vor der Tür der Magd zu, daß sie ihr geschwind ihr Mundwerk bringen solle, und vor aller Augen hakte sie es ein. Denn die Menschen waren damals schon so wie heut. Was sie nicht sehen, das glauben sie nicht ...

Frau Anna hob die Tafel auf. Das Obst konnte in den anderen Zimmern gereicht werden.

Jemand setzte sich an den Flügel und spielte. Die Musik wirkte angenehm nach dem guten Essen. Die Herren rauchten. Unter dem Kupferstich stand der Herr Regierungsrat und sagte Babette Schmeicheleien. Sie hörte lächelnd zu, und ihre Augen trafen sich mit den Blicken des Leutnants, der aus dem anderen Zimmer herübersah.

Frau Rätin flüsterte der Freundin zu, daß alles vortrefflich gelungen sei.

Paul kam zu Babette und fragte sie, ob sie ihn überhaupt noch kenne.

Sie faßte ihn unter dem Arm, zog ihn beiseite und fragte, ob er Hildes Bruder nicht kolossal schneidig fände. Er sagte, daß um des Leutnants Mund ein frivoler Zug läge. Babette lachte und sagte, daß sie da nur einen blonden Schnurrbart sähe und Paul gar keine Menschenkenntnis habe.

Schütte reichte Kaffee und Likör.

Tante Helene wischte sich den Mund und mahnte zum Aufbruch. Sie wollten nicht die letzte elektrische Bahn versäumen. Frau Anna nahm es ihr nicht übel, ihre Kräfte waren zu Ende.

Küsse streiften Babettes Hände.

Die Stimmen verhallten.

Herr Schütte bat, sich verabschieden zu dürfen, und verließ über die Hintertreppe das Haus.

Bomberlings blieben in den leeren Räumen zurück, die groß und öde erschienen, wie wenn die lauten Gäste sie ausgeweitet hätten.

Die Lichter verlöschten. Man sagte sich gute Nacht.

Im Schlafzimmer sagte Bomberling: »Du hast deine Sache großartig gemacht, mein Mäuschen. Nur der Bräutigam war etwas altbacken.«

Er lachte, denn er war froh, diese Sorge los zu sein. Diesen Kerl nahm sich sein Kind nicht, so sicher sie Babette Bomberling hieß.

Anna hatte nichts geantwortet.

Die müde Mutter war eingeschlafen.

Man kann auch des Guten zu viel bekommen. Bomberlings Behaglichkeit war dahin. Sobald sich Frau Anna, ledig aller formellen Beengtheit, wohlig im

Lehnstuhl streckte, das Lorgnon auf dem Toilettentisch ruhte und eine bequeme Brille die Betrachtung einer bunten Zeitschrift erleichterte, klingelte es, und der Herr Regierungsrat kam.

Sobald sich Bomberling einmal recht zu Haus fühlte, rauchend, oder, die Hände in den Taschen, auf und ab ging in dem großen Eßzimmer, sich über Anna freute, über das appetitliche Bild an der Wand, über den hüpfenden Napoleon, dem er höflich die Zuckerstückchen aufhob, die er aus dem Bauer warf – klingelte es, und der Herr Regierungsrat kam.

Dem Herrn Rat waren diese Besuche eine liebe Gewohnheit geworden. Es behagte ihm, in den hellen, hohen Räumen zu sitzen, eine Zigarre nach der anderen zu rauchen und sich an Babettes siebzehn Jahren zu erfreuen. Daß ihm das schöne Mädchen, wie seine Tante beteuerte, keinen Korb geben würde, versetzte ihn in eine Erregung, die nicht unangenehm war.

Je früher gefreit, desto besser.

Er überlegte ernstlich, ob er nicht seinem bevorstehenden fünfzigsten Geburtstag durch eine Hochzeit die rechte Weihe geben sollte.

Indessen stand Frau Anna voll Ergebenheit vor dem Spiegel ihres Schlafzimmers und schraubte sich noch einmal in das enge Schneiderkleid.

In der Küche richtete man kleine Leckerbissen an. Alle Lichter im Kulturgebiet wurden aufgedreht. Napoleon bekam ein Tuch über das Bauer geworfen.

Babette freute sich sichtbar über die Besuche des Regierungsrats. Sie waren eine Unterbrechung des dumpfen Familienfriedens, der ihr jetzt schwerer zu ertragen war als je. Ihr war zumut wie im Frühling, wo man es in den stillen Zimmern nicht aushalten kann, aber auch draußen im Lärm der Straße nicht froh wird, weil man nur Steine sieht statt Gras und Blumen.

Sie saß am Flügel und spielte. Wenn sie ihr Spiel unterbrach, lächelte sie den Herrn Regierungsrat an und fragte, mit wieviel Jahren ein Leutnant Hauptmann werden könne. Oder ob man, um General und Exzellenz zu werden, noch etwas anderes tun müsse, außer alt zu werden?

Man freut sich, wenn man um etwas gefragt wird, was man weiß. Der Herr Regierungsrat gab gern und ausführlich Auskunft. Endlich einmal ein Mädchen, das Wissenstrieb hatte und nicht von Bällen und Theaterstücken sprach.

Mit einem glücklichen Lächeln auf das plaudernde Paar betrat Frau Anna, etwas außer Atem, das freundliche Musikzimmer.

Sie entschuldigte ihr spätes Erscheinen mit großer Umständlichkeit. Der Herr Regierungsrat versuchte sie so bald als möglich zu unterbrechen; er blies hoch über ihrer runden Hand, die das Lorgnon hielt, einen Kuß in die Luft, daß sie sich durch sein Erscheinen in nichts hätte stören lassen sollen. – Auch Höflichkeit ist manchmal ehrlich. –

Bomberling hatte stets das Pech, erst ins Zimmer zu kommen, wenn sich der liebe Besuch verabschiedete, um in den Klub zu fahren. –

So war der Winter gekommen, der richtige Winter mit Schneeflocken und Glatteis. Dergleichen hatte vielleicht noch in den Bergen, als Sport, eine gewisse Berechtigung, hier in der Großstadt war dieses Wetter nichts als ein abscheuliches Verkehrshindernis.

Darüber waren sich Frau Bomberling und Herr Regierungsrat einig, wenn sie sich jetzt allein gegenübersaßen; denn Babette lief Schlittschuh mit Hilde Wegner.

Es war warm und hell in den stillen Räumen. Die Teemaschine summte, draußen pfiff der Wind gegen die Scheiben.

»Man friert, wenn man es hört«, sagte der Herr Regierungsrat. »Ist es nicht leichtsinnig, daß ihr Fräulein Tochter – – – «

Da klingelte es laut, wie wenn die ganze Jugend Alarm läutete. Man hörte Schlittschuhe klirren, und gleich darauf steckte Babette ihren Kopf mit der verschneiten Pelzmütze hinein.

»Welch himmlisches Wetter heute«, sagte sie und schlug die Tür wieder zu.

Nur ein Hauch frischer Winterluft blieb zurück. Der Herr Regierungsrat strich sich, unangenehm berührt, über den kugelglatten Kopf.

Babette hatte sich nur überzeugen wollen, daß der gewohnte Besuch an seinem Platze war. Nur heute nicht allein mit den Eltern zu Tisch sitzen. Und sie bat den Regierungsrat herzlich, doch heute einmal zum Abendbrot zu bleiben.

Denn mitten im Gewühl der Straße, als man die neuen Abendblätter ausschrie, alle Lichter aufflammten, und es statt dunkler nur umso heller wurde, hatten sich Leutnant Wegner und sie, in dem kurzen Augenblick, wo sich Hilde eine Briefmarke kaufte, ewige Treue geschworen. Nun war sie Braut ...

Erschreckt sah Babette auf. Man saß um den Tisch, aß Lachs mit brauner Butter und achtete auf die Gräten. Es war Babette gewesen, wie wenn jemand laut Braut geschrien hätte.

Aber der Herr Regierungsrat bemerkte nur, daß Fisch ein gutes und leicht bekömmliches Essen sei. Frau Anna aber berichtete, daß heute eine der russischen Tassen ihren Henkel verloren habe. Wenn dies Malheur auch keinen Unbemittelten betraf, ein Schaden bliebe es. Bomberling aß schweigend. Er sah abgespannt aus. In dieser Jahreszeit häuften sich die Bestellungen fast ins Unausführbare. Er sagte nur einmal aus seinen Gedanken heraus, daß es wieder viel Influenza zu geben scheine.

»Daran muß man nicht denken«, antwortete der Regierungsrat, peinlich betroffen.

Hermann war nicht da. Er war bei einem Freund, der ihm beim Studium half. Dieser Freund hieß Liane Violetta und war der Stern eines Varietees, wo er und der Regierungsrat Stammgäste waren.

Auch Frau Anna war heute müde. Bei diesem Wetter quälte die Gicht sie, und das neue Kleid war besonders eng. Sie nahm sich zusammen und lächelte. Ihr schönes Mädchen sollte glücklich werden und vornehm. –

Babette spielte weiche Frühlingslieder. Der Herr Regierungsrat folgte ihr ins Musikzimmer. Da unterbrach Babette ihr Spiel und sagte, daß ihre rechte Hand schmerze.

Der Herr Regierungsrat wollte das kranke Händchen sehen. Er umfaßte es, und plötzlich hatte er seinen Zeigefinger weit in den weichen Seidenärmel gesteckt.

Babette schrie auf und riß sich los. Frau Anna kam herein und fragte, was geschehen sei. Babette rieb sich die Hand unter dem Ärmel und sagte, ein ekliges Tier habe sie gestochen.

Frau Anna errötete. Sie erinnerte Babette daran, daß es in einem so reinlichen Haushalt wie dem ihrer Eltern keine ekligen Tiere gäbe. Babette aber rieb weiter ihren Arm und ging, ohne ein Wort zu sagen, hinaus.

Der Herr Regierungsrat lächelte und sagte, die gnädige Frau brauche sich nicht zu genieren, so etwas könne schließlich in den besten Familien vorkommen.

Aber bald darauf verabschiedete er sich.

Am andern Morgen ging ein eisiger Zug durch Bomberlings Wohnung. Alle Fenster waren geöffnet, der Staubsauger fauchte, die Klopfer klopften. Besonders der verdächtige Orientale auf dem Boden der Diele bekam sein Teil.

Ungeziefer duldete Frau Anna nicht.

Die Kälte, die von draußen hereindrang, war peinigend und schmerzhaft. Aber wo man seine Pflicht sieht, muß man sie tun.

Der gestrige Vorfall sollte sich nicht wiederholen. Frau Anna wollte dem Herrn Regierungsrat sagen dürfen, daß er ohne Unruhe seinen Tee bei ihr trinken konnte. In Bomberlings Wohnung gab es nichts Kribbelkrabbliges. Sie wollte ihn darauf aufmerksam machen, daß ein Mensch nirgends so geborgen sei wie im eigenen Heim.

Aber die wenigsten Pläne lassen sich verwirklichen. Die meisten sind nur da, um uns in Atem zu halten.

Der Herr Regierungsrat kam gar nicht am Nachmittag, auch am nächsten Tage blieb er Bomberlings Häuslichkeit fern. Frau Anna wartete den ganzen Tag vergeblich auf sein Klingeln, sie wagte es nicht, es sich eine Minute bequem zu machen.

Am dritten Morgen lag auf dem Frühstückstisch ein Brief, der einen beschönigenden Hauch von Heliotrop über die Leberwurst wehte.

Als Frau Anna ihn geöffnet hatte, schien es ihr, wie wenn nichts als ausgerissene Käferbeine das Büttenpapier bedeckten. Eilig griff sie zur Brille. Da erinnerte sie sich noch rechtzeitig, von wem dieser Brief sein könnte, und erschreckt warf sie die Brille beiseite und erfaßte das mit Edelsteinen besetzte Lorgnon.

Wie leicht kann der Mensch eine Ungeschicklichkeit begehen. Der Brief war wirklich von dem Herrn Regierungsrat. Die großen, dünnen Buchstaben teilten mit, daß eine plötzliche Sehnsucht nach reiner Bergluft den Herrn Regierungsrat in das Engadin treibe. Sie sprachen seinen Dank aus und die Hoffnung, daß man wieder einmal das Vergnügen einer Begegnung haben würde.

Frau Anna war blaß geworden. Die reine Bergluft traf sie als bitterer Vorwurf. Hätte sie nicht einen einzigen Tag früher die Teppiche klopfen lassen können? Ein kleines Tier hatte ihren großen Plan vernichtet. Oder waren es doch wieder die Särge gewesen? Sie grübelte und grübelte.

Auch Hermann war bestürzt, als er den Brief zu lesen bekam. Er hatte gerade einen Kauklub gegründet. Jedes Mitglied war verpflichtet, jeden Bissen, den er im Kauklublokal genoß, 74 mal im Munde herumzudrehen.

Hermann hatte den angesehenen Freund des Hauses zum Ehrenmitglied ernennen wollen, um den Klub von vornherein auf ein höheres Niveau zu heben.

»Das ist mir sehr unangenehm«, sagte er und roch an dem Brief.

»Mir auch«, sagte Frau Anna und sah ihren großen Jungen liebevoll an. Sie waren jetzt so selten ein und derselben Meinung.

Nun kam Babette herein. Ein traurig-ernster Mutterblick glitt von dem Brief auf das hohe, schöne Mädchen. Babette trug zwei Bündel Tannenzweige, die sie soeben einer alten Frau auf der Küchentreppe abgekauft hatte. Sie drückte der Mutter einen kräftigen Morgenkuß auf die Backe und sagte, die Alte habe ihr erzählt, daß der Schnee draußen vor der Stadt einen Meter hoch liege.

»Da mußte ich an Großvaters Schmiede denken«, sagte sie. »Als ich klein war, hast du mir oft erzählt, wie ihr am roten warmen Feuer saßet, während sich um euer Haus eine dicke Schneemauer zog.«

Frau Anna hatte sich mehrmals geräuspert. Das Dienstmädchen konnte jeden Augenblick hereinkommen, stand vielleicht schon in der Tür.

Sie war ärgerlich auf Babette und noch mehr auf sich selbst. Wann hatte sie dem Kinde alles das vorgeschwatzt? Es mußte in den ersten Jahren geschehen sein, als sie das Hammergeklapp der großen Stadt immer wieder an den Amboß daheim erinnert hatte. Kinder haben ein unbarmherziges Gedächtnis.

»Wie schön muß das gewesen sein«, sagte Babette verträumt, »das rote Feuer und draußen der weiße, kalte Schnee.«

Ein Verdacht stieg in Frau Anna auf.

»Babette, hast du vielleicht auch dem Herrn Regierungsrat von der Schmiede erzählt?« fragte sie.

Babette wiegte nachdenklich den Kopf und antwortete, daß sie sich an nichts dergleichen erinnern könne.

Da gab ihr die Mutter den Brief. Ängstlich beobachtete Frau Bomberling das glatte, rosige Kindergesicht.

Es verzog sich zu einem verschmitzten Lächeln.

»Ich möchte den guten Herrn auf Schneeschuhen über einen Abhang flitzen sehen«, sagte sie und sah noch vergnügter aus.

Das war alles. Damit war die Sache für sie erledigt. Sie bastelte an den Tannenbündeln und versprach, die Wohnung bald in einen Winterwald zu verwandeln.

Frau Anna war froh und betrübt. Sie wollte gewiß nicht, daß das Kind Kummer empfinden sollte, aber hatte es nicht so ausgesehen, wie wenn diese Besuche Babette große Freude bereiteten? Wie schwer wird es einer Mutter gemacht, ihre Kinder zu verstehen!

Sie grübelte bekümmert. Aber der Alltag forderte sein Recht.

Die große Rechnung beim Delikatessenhändler war kein Traum. Alle die süßen Weine, Hummerschnittchen und Kaviarbissen wollten bezahlt sein.

Als sie Bomberling um eine kleine Extrasumme bat und dabei bedauerte, daß so viel Aufwand vergebens angewandt worden wäre, lachte er und gab ihr ohne Vorwurf das Geld. Er riet ihr nur, das Heiratstiften sein zu lassen. Was kommen solle, käme von selbst. Dann kniff er sein Mäuschen in die rechte Backe, wie es beide gewohnt waren, und ging.

Auf weitere Erörterungen konnte er sich nicht einlassen. Die Fabrik wartete.

Frau Anna seufzte. Man spricht sich doch gern ein bißchen aus. Wozu ist man schließlich verheiratet?

Wehmütig barg sie das Geld in dem silbernen Täschchen. Es war traurig, daß Bomberling so wenig für die Seinen übrig hatte.

Die Tannenzweige strömten Familienfrieden aus. Jeder, der von der Kälte draußen in das warme Zimmer trat, spürte, daß die Zeit auf Weihnachten zuging, und freute sich. Nur Babette nicht. Ihr schien es, wie wenn immer irgendwo ein Fenster offenstände, oder ein Fremder am Tische säße, der die Unterhaltung der Eltern belächelte.

Ein Geheimnis ist ein schwere Bürde. Und Babette war nicht gewohnt, Lasten zu tragen.

Sie hatte ein Versprechen zum andern legen müssen. Niemand durfte von ihrem bräutlichen Tun erfahren. Die Gründe dafür wollte Fritz ihr später erklären.

Er war nun wieder abgereist. Jeden Tag mußte sich Babette einen Brief von der Post holen. Ihre Geldtasche war schon mit Postmarken gefüllt. Denn jedesmal, wenn sie nach einem Brief fragen wollte, begannen alle um sie herum starr zu lächeln. Dann kaufte sie rasch eine Marke und entfloh. Aber nun kannte der Beamte am Schalter sie, und zwischen zwei stummen Lächeln glitt der große Briefumschlag in ihre Hände.

Er enthielt stets einen weißen Bogen, über den einige Zeilen eiliger Worte rannten. Wie Pferde, die aus der

Kaserne sprengten. Diese Worte sagten stets das gleiche. Daß Fritz sein kleines Mädchen lieb habe und Tag und Nacht an sie denke. Und am Schluß schütteten sie stets eine Anzahl Küsse aus.

Es gibt kein Glück, das nicht auch traurig machte.

Diese Briefe, die Babette ordnungsgemäß auf dem Herzen trug, gefielen ihr gar nicht.

Sie saß in der Winterdämmerung, zwischen den hellen Möbeln und dem weißen Schnee vor dem Fenster und dachte an irgendjemand, der kleine Briefe schreiben würde, die nicht alles derb heraussagten und doch ganz voll Zärtlichkeit wären. Und auch nicht nach Tabak rochen.

Wenn es dunkel geworden war, schreckte sie auf. Sie erinnerte sich, daß sie nun an keinen Unbekannten mehr zu denken habe, sondern an Fritz. Sie rief ihn sich vor Augen. Das schwarze, glänzende Haar mit dem scharfgezogenen Scheitel. Die kleinen Augen, braun und blitzend. Die weißen Zähne unter dem dicken Schnurrbart. Und dann die wunderhübsche Uniform, blau und rot.

Und nun zündete sie das Licht an und schrieb einen kleinen schwärmerischen Brief, wobei sie wieder vergaß, daß er an keinen Unbekannten gerichtet war. –

Diese Schreiben fand Fritz auf seinem Tisch, wenn er müde aus dem Dienst kam. Er überflog sie, gähnte und steckte sie zusammengeknüllt in die Hosentasche. Dann warf er sich aufs Sofa und dachte an Mucki.

Mucki probierte am Tage warme Wintermäntel. Sie drehte ihren geschmeidigen Katzenkörper vor den soliden Damen der Kleinstadt, die am anderen Tage nicht begreifen konnten, warum der Mantel heute so anders aussah als gestern im Laden.

Und wenn sich Mucki wohl tausendmal auf ihren Lackschuhen herumgedreht hatte, bis endlich auch die alte Erde um ihre Achse geknarrt war, supierte Mucki mit Fritz in einem Seitenflügel des »Deutschen Adler«.

Sie schob kleine gute Bissen in den Mund und erzählte mit vergnügtem Gesicht, daß es manchmal so aussähe, wie wenn die Herren Ehemänner, die ihre Damen begleiteten, lieber sie wählen würden als den Mantel. Und wenn sie ein wenig getrunken hatte, wurde sie traurig und sagte, daß sie in der großen Stadt gewiß schon eine eigene Wohnung haben würde mit einem echten Bologneserhündchen und einem lebendigen Papagei. Und dann lachte sie wieder, zog Fritz am Schnurrbart und sagte, daß er überhaupt nicht das sei, was sie sich einmal geträumt habe, weil ihr die Uniform der roten Husaren viel besser gefiele als die seine.

Fritz beteuerte ihr, daß kein Mensch ohne Mängel sei und sie mit seiner Uniform Nachsicht haben solle. Und dann bestellte er noch einmal Kaviar auf Eisblock. – –

Das brachte ihn nicht nur Mucki näher, sondern auch seiner Braut. Denn alle Schulden müssen einmal bezahlt werden. Das Geld der Sargfabrik würde keinen Modergeruch haben.

Darum gehörte es für Fritz jetzt zur Tagesordnung, daß er vor dem Abendessen einen Bogen mit schnellen Liebesworten füllte und an Babette sandte.

Er dachte beim Schreiben schon sehr an Mucki. Aber ehe er den Umschlag zuklebte, sagte er sich, daß Gattinnen weniger Temperament haben müssen als sie. Und er verbesserte die Zehntausend der Küsse in eine Tausend. Man muß das Leben eben nehmen, wie das Leben eben ist.

Aber was dem einen wenig scheint, ist dem andern viel. Babette wurden diese Briefe von Tag zu Tag schwerer. Sie drückten sie. Sie hinderten sie beinahe daran, sich richtig auszulachen, wenn Hermanns

Freund, der jetzt ihr Begleiter auf dem Eise war, seine lustigen Witze erzählte.

Ein Groll gegen Hilde stieg auf. War es so nötig gewesen, daß sie damals die Briefmarke kaufte?

Nur wenn die Militärmusik einen ganz weichen Walzer spielte und sie schweigend mit Hermanns Freund durch die frische Winterluft flog, fand sie es wunderschön, eine heimliche Braut zu sein. Dann wünschte sie, daß es niemals anders werden würde als heute.

Aber leider ist Glück nichts Dauerhaftes.

Eines Tages schrieb Fritz, daß er zurückkehren würde. Der breite Zobelschal, den sich Mucki zu Weihnachten wünschte, zwang ihn dazu. Aber die Ursachen unserer Taten liegen im Verborgenen ...

Babette war sehr bestürzt. Sie las diesen Brief mehr als einmal. Die Buchstaben galoppierten diesmal so rasch über das Papier, wie wenn Fritz selbst schon auf dem Wege wäre.

Ihre Unruhe trieb sie zu Hilde, wo sie vielleicht näheres erfahren konnte, ohne sich zu verraten.

Es war das erstemal, daß Babette zu Wegners ging, seit sie, im geheimen, mit ihnen verwandt geworden war. Als sie die breite Treppe hinauflief, deren Stufen außen Marmor und innen Holz waren, sagte sie sich, nicht ohne Schreck, daß Hildes heftiger Papa nun auch ihr Papa war. Daß Hildes schmale, an den Nerven leidende Mama nun auch ihre Mama sein sollte. Sie seufzte. Eine große Zärtlichkeit für Vater und Mutter ergriff sie.

Hilde war allein zu Haus. Sie stand in der Badestube und packte einen kleinen Manöverkoffer: sie sollte zu ihrer Tante reisen, der sie jedes Jahr beim Marzipanbacken half.

Eigentlich war es schon eine Tante ihres Papas. Hilde sagte, daß sie sich als Kind sehr vor ihr gefürchtet hätte.

Sie habe die knochigen Finger ihrer großen, mageren Hände für verzauberte Kneifzangen gehalten. Aber die Tante besaß einen wahren Schatz an altem Porzellan, an Silber und Leinen. Darum hielt Hildes Vater streng darauf, daß sie die Weihnachtstage bei der Tante verbrachte.

»Wenn ich da bin, ist es langweilig«, sagte Hilde. »Aber vorher die Bahnfahrt. Mitten durch's verschneite Land.«

Sie sah verträumt auf die matte Scheibe des Fensters, die dem kleinen Baderaum wenig Licht und viel Verschwiegenheit gab.

Babettes unruhige Augen hatten zwischen den japanischen Papierfächern und der Brause die Photographie eines jungen Mannes entdeckt.

Hilde lachte und erklärte, daß es Fritz in Zivil sei. Sein neuestes Bild.

Babette nahm es in die Hand und sah erstaunt auf den fremden Mann. Sie sagte, daß sie Hildes Bruder ohne die Uniform kaum wiedererkennen würde. Aber er käme wohl auch so bald nicht zurück?

Hilde versuchte, ob der Koffer schloß. Die Frage fiel ins Gepolter. So ging Babette, ohne etwas erfahren zu haben, wieder fort – – –

Sonst, wenn Babette eine Überraschung für die Eltern vorbereitete, war Paul, ihr Vetter, der Vertraute gewesen. Sie konnte vor ihm kein Geheimnis haben. Er hatte sogar erfahren dürfen, daß große Schauspieler Zwiebeln aßen und also keiner besonderen Verehrung wert waren.

Vielleicht konnte sie sich auch jetzt einen Rat von ihm erlisten? Vielleicht konnte sie mit ihm reden, ohne ihm etwas zu sagen? –

Als Bomberling durch den Fernsprecher melden ließ, daß er heut nicht zu Tisch käme, sondern erst am Abend zurückkehren würde, beschloß sie, den Vater aus der

Fabrik abzuholen. Dabei würde sich eine kleine Unterhaltung mit Paul schon finden lassen.

Aber erst ging sie zur Eisbahn. Es war sonniges Frostwetter ...

Hermanns Freund, der sie dort erwartete, hatte nicht nur ein großartiges Gedächtnis für Witze, er war auch unermüdlich mit der Verbesserung der Weltordnung beschäftigt. Er verabscheute den Staat, die Kirche, die Ehe, den Handel und was es sonst noch so gibt. Sein Fach war die Nationalökonomie, und er beabsichtigte, in einigen Jahren den ganzen faulen Weltkrempel umzukrempeln.

Aber er war doch nicht glücklich und verlangte Mitgefühl von Babettes Herzen.

Babette hörte ihm zu. Ein wenig zerstreut, denn sie dachte an Fritz und mehr noch an Paul.

Erst als der tüchtige Ökonom auf das Militär zu sprechen kam, war sie ganz bei der Sache.

Er rechnete Babette vor, wieviele Kinder man für eine einzige Kanone großziehen könnte. Er war für die Abrüstung des ganzen Heeres.

»Weg damit«, sagte er.

So wundervoll männlich war er. Babette hatte das Empfinden, als wären schon alle Soldaten von der glatten Erdkugel heruntergestoßen. Fritz auch. Wenn es so nötig war zur Verbesserung der Welt, Babette wollte sich fügen.

Aus einem Fabrikschornstein zog ein langer Pfiff. Babette löste ihre Schlittschuhe und sagte Lebewohl.

Hermanns Freund hielt ihre Hand fest und sagte, daß er sie den ganzen Nachmittag lang hatte fragen wollen, ob sie sich erhaben genug fühlte, eine freie Ehe einzugehen. Eigentlich habe sie die moralische Verpflichtung dazu. Denn es gab jemanden, der alles verachten mußte und nur sie lieben konnte.

Babette versuchte ihre Hand zu befreien. Aber es gelang ihr nicht.

»Sie haben die moralische Verpflichtung dazu, Babette.« wiederholte der Nationalökonom. »Die M. V. Vergessen Sie das nicht. Ich lasse Ihnen Bedenkzeit.«

Er drückte Babettes Hand, die steif vor Frost war, so heftig, daß sie schmerzte. Dann gab er sie mit einer Schleuderbewegung frei.

Babette lief über den schmalen Brettersteg, der das glatte Eis mit dem festen Boden verband.

In den Straßen lag ein feiner Nebel, in dem die Laternen wie Irrlichter tanzten. Wagen und Menschen waren geheimnisvoll umschleiert. Der Lärm des zu Ende eilenden Tages dämpfte sich zu einem surrenden Gesumm.

Babette saß im Auto. Um sie herum surrte und schnurrte es: »M. V.« –

Sie ahnte, daß erst die moralischen Verpflichtungen das Leben kompliziert machen.

Viele tänzelnde Lichtkugeln verrieten im Nebeldunst Bomberlings Fabrik. Babette betrat den großen Laden, der die Vorderseite des langgestreckten Gebäudes einnahm.

Der herbe Geruch des vielen Holzes erinnerte an Wald und Erde. Der Vater war nicht da. Aber gleich bei der Tür standen zwei Herren vor einem großen Prachtsarg. Ihre Köpfe mit den Zylinderhüten waren, überlegend, auf eine Seite geneigt.

»Viel Geld für so ein Ding«, flüsterte der eine. »Aber schließlich, er hat sich im Leben so wenig gegönnt.«

Der andere nickte.

»Nehmen wir nur den größeren«, sagte er und seufzte.

Sie sahen sich nach dem Lagerchef um, der, ein Stück davon, mit einer schmächtigen Dame flüsterte. Sie wollte gern, mit Rücksicht auf den Trauerfall, eine kleine Preisermäßigung haben. Er aber versicherte ihr, daß alle Preise schon für Trauerfälle berechnet wären. Nur beim Einkauf eines halben Dutzends ließe sich ein kleiner Rabatt ermöglichen.

Er erkannte jetzt Babette. Mit einer ehrfurchtsvollen Verbeugung sagte er, daß sich der Herr Papa in seinem Kontor befände. Dann eilte er zu den wartenden Herren.

Bomberling war nicht allein. Babette blieb wartend im Vorzimmer stehen. Sie hörte deutlich die Stimmen hinter dem Vorhang.

Es war ein langweiliges Gespräch. Ein alter Herr erkundigte sich nach den Kosten eines erstklassigen Begräbnisses, um in seinem Testament alles genau bestimmen zu können.

Der Vater riet ihm nur Verbrennung und rechnete ihm vor, um wieviel rascher dann alles vorbei wäre.

Der Besucher antwortete, daß er zu alt für neue Moden sei und es überhaupt nicht so eilig habe. Er kicherte, und Bomberlings breites Lachen fiel ein.

Dann hörte man nichts weiter als das Gemurmel von Zahlen. Der alte Mann ließ sich alles auf das ausführlichste auseinandersetzen. Er hatte nichts mehr zu tun. Diese kleine Zerstreuung war ihm angenehm.

Babette wurde ungeduldig. Sie dachte, wo Paul wohl sein möge? Und verließ auf Zehenspitzen den Raum.

Als sie zögernd den großen Mustersaal betrat, öffnete sich auch drüben die Tür, und Paul kam herein.

Babette eilte über den schmalen Gang, den die vielen Reihen der Särge frei ließen, auf ihn zu.

»Usch«, sagte sie, »die vielen gräßlichen Dinger. Weißt du, auch wenn man jung ist, kann man sterben. Aber wenn man alt ist, dann muß man. Ich möchte nicht alt werden.«

Sie schmiegte sich ängstlich an Pauls Kontorrock.

»Komm rasch heraus«, flüsterte sie.

Paul konnte sich im Augenblick keinen schöneren Ort der Welt denken. Er sagte, daß nur das Halbdunkel es hier ein wenig ungemütlich mache, und drehte das volle Licht aus. Das schwarze Ebenholz spiegelte Babette von allen Seiten wider. Paul fragte, ob Babette ihm etwas Besonderes zu erzählen habe.

Sie sagte, daß sie nur gekommen sei, um den Vater abzuholen, weil sie ihn den ganzen Tag nicht gesehen hätte.

Dann schwieg sie.

Es ist nicht leicht, die richtigen Worte zu finden, wenn man etwas nicht sagen will.

Aber schließlich waren sie doch ins Schwatzen gekommen.

Jeder auf einer Ecke des großen Prunkkatafalks, der die Mitte des Saales schmückte, saßen sie sich lächelnd gegenüber.

Paul fragte, ob Babette einen Begleiter auf dem Eise habe.

Babette antwortete, daß da manchmal ein Freund von Hermann neben ihr herliefe. Und dann fragte sie, ob man die moralische Verpflichtung habe, jemanden wieder zu lieben, dem man Liebe einflöße, ohne es zu wollen.

Paul sah sie an. Diese Frage war nicht leicht zu beantworten. Er fragte, ob sie an jemanden Bestimmten dabei denke, wobei er sich bückte, um eine Schnitzerei des Katafalks zu studieren.

Babette sagte, daß sie nur so aus allgemeinem Interesse an der Sache gefragt habe. Paul sah wieder auf und meinte, daß man so etwas nur von Fall zu Fall entscheiden könnte. Und dann fragte er, ob sie Hildes Bruder noch öfter sehe.

Babette rümpfte die Nase und sagte, daß der längst wieder abgereist sei. Aber was hielt Paul von Verlobungen? Fände er es sehr verächtlich, wenn man sie nach kurzer Zeit wieder auflöse, weil man den andern nicht leiden könne?

Paul lachte und meinte, daß es in solchem Falle besser sei, sich gar nicht erst zu verloben.

Aber da wurde Babette heftig.

»Du redest immer so klug und von oben herab«, rief sie. »Als ob man sich nicht auch irren könnte.«

Zwei Tränen kugelten plötzlich über ihre Backen. Paul erschrak.

»Ist es der alte Regierungsrat?« fragte er behutsam.

Da mußte Babette wieder lachen.

»Du bist auch zu dumm«, sagte sie und rutschte von dem hohen Sarg herunter.

»Ich spreche doch nur ganz im allgemeinen.«

Paul sah sie forschend an. Dann sagte er, langsam nach den Worten suchend, daß er es, auch rein theoretisch gesprochen, immer praktischer fände, wenn ein weibliches Wesen keinen entscheidenden Schritt täte, ohne sich mit ihrem besten Freunde beraten zu haben. Die Verlobungen, wo man den andern nicht leiden kann, wären rücksichtslos aufzulösen.

Das war Pauls ehrliche Meinung. Aber Aufrichtigkeit und Hinterlist sind oft schwer voneinander zu trennen, und ausführlicher konnte Paul nicht werden. Denn Bomberling störte hier das Gespräch.

Nachdem er seinen Besuch zur Tür begleitet und auch den schwarzgekleideten Herrn gebeten hatte, ihn wieder zu beehren, hatte er vom Lagerchef erfahren, daß sein gnädiges Fräulein Tochter hier sei. Da war er seine Babette suchen gegangen.

Er zog ihren Arm unter den seinen und fragte, ob sie wirklich nur gekommen wäre, um ihren alten Vater abzuholen, oder ob sie wieder etwas mit Paul zu tuscheln gehabt hätte.

Darüber lachten Paul und Babette sehr belustigt.

Man ging ins Kontor.

Während der Vater einige Briefe unterschrieb, bewunderte Babette eine Schreibmaschine, die eben, neu und blank, geschickt worden war.

Sie spielte ein wenig darauf und meinte, wenn keine Eisbahn sei, könnte es Spaß machen, hier zu sitzen und Geld zu verdienen.

Paul sagte, daß er sie unterrichten würde, und Bomberling rief herüber, daß er sie sofort engagieren werde, wenn sie's gelernt hätte.

Babette war ganz erfüllt von dieser neuen Idee. Am ersten Tage, wo es taute, wollte sie kommen. Ganz sicher. Sie klopfte zur Beteuerung fest an ihre rote Seidenbluse. Aber da knisterten die fünfzehn Briefe von Leutnant Wegner. Babette zuckte zusammen und verstummte.

Paul sagte, daß sie zu leichtsinnig mit ihren Versprechungen sei. Er sähe es ihr an, daß sie schon wieder alles bereue.

Bomberling klappte das Tintenfaß zu und sagte, daß jeder Tag seine Sorge habe. Sie sollten weiter darüber reden, wenn das Eis geschmolzen sei.

Eine Weile später waren Vater und Tochter davongefahren. –

Paul kehrte in den Mustersaal zurück. Um den hohen Katafalk wehte ein Duft von Blumen. Es war wirklich ein hübsches Plätzchen. Er setzte sich auf die Seite, wo Babette geschaukelt hatte und holte die Abendzeitung aus der Rocktasche.

Zeitunglesen beruhigt. Man kommt in Kontakt mit den ganzen Chancen der Welt. Es scheint so einfach, eins dieser zahllosen Glücksbänder zu fassen ...

Als Bomberling und Babette heimkamen, war Frau Anna noch nicht zu Haus.

Hermann, der in seinem Zimmer zu sitzen schien, rief aus einer Wolke von Pfeifenrauch, daß die Mutter heute wohltätig sei.

Das war richtig. Frau Bomberlings Freundin, die Frau Rätin, hatte einen kleinen Verein gegründet. Sie selbst hatte den Titel ihres verstorbenen Gatten beigesteuert, Frau Bomberling die Wolle. Im Kreis von einigen vornehmen Damen häkelte man warme Kleidungsstücke für arme Kinder.

Frau Bomberling ging zu diesen Zusammenkünften in ausgewählter Kleidung und vermied auch im Gespräch jeden billigen Stoff. Sie erzählte von dem teuren Perser auf der Diele, erwähnte das Ölbild von einem prämiierten Maler, das Studium des Sohnes, die russischen Tassen.

Aber was der Mund verschweigt, verraten die Hände, die niemand anders machen kann, als sie sind.

Den Damen war es nicht entgangen, daß die reiche Frau Bomberling diese derben Wollsachen mit ungewöhnlicher Geschicklichkeit verfertigte. Ein fehlerloses Stück nach dem andern flog ihr aus der Hand.

Mit wenigen Blicken über den Kopf der eifrig Arbeitenden hatte man sich verständigt:

Sie konnte keine vornehme Erziehung genossen haben.

Heute hatte sich Frau Bomberling bemüht, die erste in diesem Kreis der Nächstenliebe zu sein. Sie wollte ein paar ungestörte Worte mit ihrer Freundin wechseln. Die Frau Rätin wußte sicherlich, warum und auf wie lange der Herr Regierungsrat die reine Bergluft gebrauche.

Aber als sie ins Zimmer trat, war doch schon eine Dame anwesend. Frau Rätin sprach so eifrig mit ihr, daß man ihr Kommen ganz überhörte. Frau Anna war schon mitten auf dem Teppich, als ihre Freundin aufsprang und ihr entgegeneilte. Sie sah ganz erschreckt aus und fragte, ob Frau Anna schon lange zuhörte. Sie hatten gerade so viel Gutes von ihr geplaudert.

Dann machte sie die andere Dame mit Frau Bomberling bekannt: Frau Baronin von Pryczsbitzky-Ratzoska.

Frau Bomberling verbeugte sich und erzählte, daß sie von einem berühmten Antiquitätenhändler käme. Sie hatte für ihren Bomberling das Petschaft einer ägyptischen Mumie gekauft. Als Weihnachtsgeschenk.

Die Frau Baronin erkundigte sich, ob dies ein besonderer Wunsch von Herrn Bomberling gewesen sei.

Frau Anna sagte, daß dies nicht gerade der Fall wäre. Aber daß es sehr schwer sei, ein passendes Geschenk für einen Herrn zu finden. Und Antiquitäten wären doch heutzutage das neueste.

Frau Baronin von Pryczsbitzky-Ratzoska gab der gnädigen Frau in allem recht. Sie war außerordentlich liebenswürdig und zuvorkommend. Über den geschwind häkelnden Fingern grübelte Frau Bomberling. Hatte die Dame, als sie einander vorgestellt wurden, vielleicht »von« Bomberling verstanden?

Ihr Verdacht wurde bestärkt, als die Frau Baronin fragte, ob sie der gnädigen Frau morgen um elf Uhr vormittags ihre Aufwartung machen dürfe.

Frau Bomberling wurde rot vor Freude. Sie fragte, ob die Frau Baronin nicht lieber zum Tee kommen wolle oder zum Abendbrot.

Aber die Dame bat, zu einem kleinen Plauderstündchen um elf Uhr vormittags erscheinen zu dürfen. –

Als alle Mitglieder des Vereins versammelt waren und man links nicht mehr verstehen konnte, was rechts gesprochen wurde, fragte Frau Anna nach dem Regierungsrat und seiner Reise.

Frau Rätin aber erwiderte recht mißgelaunt, daß auch sie nichts Näheres wisse. Ihr Neffe sei kein Kind mehr und könne tun, was ihm beliebe.

Das konnte niemand bestreiten. Somit war das Gespräch zu Ende.

Frau Bomberling hätte gerne eine gute Nachricht nach Haus gebracht. Babettes Unruhe war ihr nicht entgangen. Es war klar, das Kind vermißte diesen alten, unangenehmen Menschen. Die Liebe ist eine unbegreifliche Sache. –

So war Frau Anna doppelt erfreut, als sie bei ihrer Rückkehr Babette wieder viel munterer vorfand. Sie saß wieder gerade und schien viel freier und froher.

Das war kein Irrtum. Eine Last war von Babettes Herzen genommen. Leutnant Wegners Briefe waren fort. Babette hatte Pauls Rat befolgt. Sie hatte die Verlobung gelöst. Das heißt, sie hatte die Briefe zusammengebunden und in einen Umschlag gelegt. Dazu hatte sie geschrieben: *»Je ne vous aime pas, je ne vous avais pas aimé, je ne vous aimerai pas.«*

Sie hatte die Empfindung gehabt, daß diese Situation nach französischer Sprache verlangte. Diese Worte sagten viel, sagten alles und waren mühelos in der Grammatik zu finden gewesen.

Schon in der Frühe des andern Tages hatte Babette das Briefpaket abschicken wollen. Das neue Schreiben, das kommen würde, sollte ungelesen hinzugefügt werden.

Aber niemand weiß, was er morgen tun wird. Als Babette den letzten Brief in der Hand hielt, sah sie, daß er nicht aus der kleinen Garnison kam. Er trug den Stempel der Großstadt. Fritz mußte schon hier sein.

Babette konnte ihrer Neugierde nicht widerstehen. Sie öffnete den Brief.

Da schrieb Fritz, daß er gekommen wäre, um sie zu überraschen. Aber vorher hätte er einen Ehrenhandel auskämpfen müssen. Er lag verwundet auf dem Krankenbett. Aus diesem traurigen Grunde sollte Babette ihm in diesen Tagen nicht schreiben. Um Verschwiegenheit und Treue bat er.

Man kann denselben Dingen verschiedne Deutungen geben. Den Ehrenhandel, durch den der Herr Leutnant verhindert war, konnte man auch Mucki nennen.

Er hatte sie mitgenommen.

Er hatte sich verpflichtet gefühlt, etwas für ihre Versorgung zu tun, ehe er Abschied nahm. Aus diesem Grunde hatte er Mucki die Sonntagsnummer der Konfektionszeitung gekauft.

Gemeinsam hatten sie die vielen Anzeigen durchstudiert. Es gab viele freie Posten, die für Mucki geeignet schienen. Und darum war Mucki, der Einfachheit halber, gleich mitgekommen ...

Ein Held, dachte Babette, als sie den Brief gelesen hatte. Den ersten Brief von Fritz, der ihr gefiel. Und solchem Manne hatte sie Schmerz zufügen wollen?

Sie verglich ihn mit dem Freund von der Eisbahn. Jahr und Tag würden noch vergehen, ehe jener die Welt verbessern würde. Was war selbst der gute Paul, der im Warmen saß und Särge zeichnete, gegen einen Mann, der im Kampf auf Leben und Tod gestanden hatte? Der nun einsam und verwundet auf seinem Schmerzenslager ruhte. –

Diese traurigen Gedanken machten Babette froh und glücklich.

Draußen schneite es. Sie beschloß, ihrem Helden sanfte, wundervolle Rosen zu kaufen, die irgendwo erblüht waren, wo es immer Sommer ist. In der Dämmerung wollte sie zu seiner Wohnung eilen und sie an seiner Tür für ihn abgeben. –

»Ich gehe nur ein paar Blumen kaufen«, sagte sie zu der Mutter. Sie versuchte, die verweinten Augen nach Möglichkeit zu verbergen.

Das wurde ihr nicht schwer gemacht, denn Frau Bomberling streifte ihre Babette nur mit einem flüchtigen Blick und sagte nichts weiter als: »Sei pünktlich zu Tisch zurück, mein Kind.«

Dann eilte sie wieder in ihr Zimmer.

Sie war vollauf mit ihren eigenen Gedanken beschäftigt, in denen viele Wünsche wogten. Bald mußte die Baronin da sein. Vielleicht hatte sie einen unverheirateten Sohn, oder wenigstens einen Neffen. Irgendeinen jungen Menschen, der heiratsfähig war, gab es doch schließlich in jeder bessern Familie.

Es klingelte.

Das Mädchen kam mit einer Visitenkarte auf dem silbernen Tablett und sagte, daß eine Dame mit sehr viel Pelz da sei, sie habe sie daher in den Salon geführt.

Frau Bomberling nahm die Karte und sagte verbessernd: »Das ist keine Dame, das ist eine Frau Baronin.«

Das Mädchen sollte merken, bei wem sie diente.

Dann eilte sie hinaus. –

Man wechselte einige Worte über das Wetter. Es war kalt. Es schneite. Wenn es wärmer würde, müßte der Schnee sicherlich schmelzen.

Bei solchen Wahrheiten taute man selbst auf. Die Frau Baronin öffnete den Pelz.

Sie sagte, der Mensch solle nicht von sich selbst reden, aber es würde Frau Bomberling vielleicht doch interessieren, daß sie nicht nur Baronin wäre. Sie hätte auch einen Beruf. Einen schönen, dankbaren Beruf, den in der guten alten Zeit die Götter selbst ausgeübt hätten.

Frau Bomberling verstand sie nicht gleich. Sie sagte entschuldigend, daß in der Schule, die sie besucht habe, gerade die alten Götter einen sehr schlechten pädagogischen Vertreter gehabt hätten. Sie habe nur wenig davon behalten.

So mußte die Frau Baronin deutlicher werden.

Die Augen auf ihre große Nerzmuffe gesenkt, verriet sie, daß sie in den besten Kreisen der Gesellschaft den Amor spielte. Ehen würden im Himmel geschlossen. Aber sie vermittle sie.

»Was es nicht alles gibt«, sagte Frau Bomberling in breiter Bewunderung.

»Ja«, sagte die Baronin nun schnell und sicher sprechend, »ich habe nur ein ganz ausgewähltes Assortiment. Schuldlos Geschiedene, Witwer, ledige Beamte, Ärzte, Privatiers, feine Kaufleute mit hohem und höchstem Einkommen im Alter von 26–42 Jahren stehen jederzeit bei mir zur Verfügung.«

Sie holte Atem, um noch hinzuzufügen, daß sie schon im Jahre 1896 gegründet sei.

Frau Bomberling lächelte in höflicher Bewunderung, obgleich es ihr nicht ganz klar war, wie man sich gründete. Es entstand eine kleine, nachdenkliche Pause.

Und doch war die Gründung der Baronin einfacher gewesen wie mancher andre Anfang.

Die eigenen Taten sollen den Menschen adeln. Nach diesem Grundsatz hatte sie gehandelt. Eine Bestellung auf tausend gedruckte Visitenkarten hatte sie zur Baronin erhoben. Sie waren ihr Betriebskapital geworden. Heute waren die Karten lithographiert. Man war vorwärts gekommen.

Und doch. Wie die Frau Baronin von Pryczsbitzky-Ratzoska da vor Frau Bomberling saß, mit dem vielen Puder in dem welken Gesicht und dem pompösen Firmenschild aus Nerz über dem abgetragenen Samtkleid, einen Hauch von billigem Parfüm um sich, sah es nicht so aus, wie wenn es glücklich machte, den ganzen Tag in Bewegung sein zu müssen, um das göttliche Amt, andere zu beglücken, auszuüben. Sie hätte vielleicht auf die Rangerhöhung und auf alle anderen Ehen verzichtet, wenn ihr eine einzige besser gelungen wäre, die eigene. Wenn ihr Pryczsbitzky nicht eines Tages spurlos nach Amerika verschwunden gewesen wäre, ihr nichts hinterlassend, als seinen verschnupften Namen. Es war anerkennenswert genug, was sie daraus zu machen verstanden hatte. Sie dachte wohl selbst etwas Ähnliches in diesem stummen Augenblick, in dem beide Frauen ein Kaviarschnittchen kauten.

Das gummierte Lachen war von ihrem Gesicht geglitten, das hilflos, müde und alt aussah, als sie sagte: »Jeder will leben, ehe er stirbt.«

Aber sich besinnend, lächelte sie wieder rasch und sagte, daß ein adliger Herr ihrer Kundschaft wie geschaffen dazu wäre, ein geliebtes Mitglied der Familie Bomberling zu werden.

»Adlig?« Frau Bomberling hatte das Wort fast hinausgeschrien.

Die Baronin sagte, daß sie von Frau Rat gehört habe, daß die Herrschaften heute ihre Abonnementplätze im Theater hätten. Falls es sicher sei, daß die gnädige Frau mit ihrem Gatten die Vorstellung besuchen würde, sollte sich auch der betreffende Herr ein Billett besorgen, um Frau Bomberling zu sehen.

»Mich?« fragte Frau Bomberling errötend.

»Ja«, sagte die Frau Baronin, »die jungen Leute sind so verschieden. Der eine will die Tochter sehen, der andre die Mutter. Der heute in Frage kommende junge Mann behauptet, daß er nur die Mutter zu sehen brauche. Anders hieße es, die Katze im Sack kaufen.«

Frau Bomberling versuchte, sich in dem Glas des Tassenschranks zu spiegeln. Sie war sehr verlegen. Wenn es sich nicht um einen adligen jungen Mann gehandelt hätte, würde sie entschieden nein gesagt haben. So aber konnte sie nach einigem Hin und Her diesem Vorschlag nicht widerstehen.

Die Frau Baronin bat sich höflich die Reihen und die Nummern der Theaterplätze aus, die sie rasch in ein kleines Notizbuch kritzelte. Sie wollte sie sofort dem jungen Mann telegraphieren. Die Gebühren dafür würde sie der gnädigen Frau einstweilen debitieren. Ebenso das Auto, womit sie hergekommen war. Denn es hatte, wie gesagt, leider geschneit.

Sie stand auf und begann ihren Pelz zu schließen.

»Was wird denn gespielt?« fragte sie. »Ein Trauerstück von einem der berühmten Klassiker?«

Frau Bomberling sagte, daß ein neues Lustspiel gegeben werde.

»Das trifft sich sehr gut«, rief die Baronin eifrig. »Da sind die Herren viel leichter hinzubekommen. Es wirkt auch besser aufs Gemüt.«

Nach dem Theater wollte sie den Herrn sprechen und schon morgen vormittag Bescheid bringen. Sie hatte es nun sehr eilig. Die Geschäfte warteten. »Vor Weihnachten«, sagte sie lächelnd, »sind meine Minuten kostbar. Am 24. abends möchte am liebsten alles verlobt sein. Ja, ja. Die Menschen sind ein sonderbares Völkchen.«

Die engen Glacéhandschuhe saßen nun so ziemlich auf ihren breiten Händen. Die Tür schloß sich laut hinter der Frau Baronin von Pryczsbitzky-Ratzoska.

Nur der gemischte Hauch eines Drogenladens wehte noch über den Möbeln des alten englischen Schlosses, die tadellos auf ihrem Platz standen.

Vor den Fenstern arbeitete die Dämmerung. Sie glich die harten Gegensätze gütig aus, sie verschleierte schwerfällige Umrisse, beschattete scharfe Linien. Aber im Schlafzimmer, wo sich Frau Bomberling für den

Theaterbesuch vorbereitete, strahlte rücksichtslose Helle. Frau Anna stand vor dem klaren Spiegel. Er war geschliffen und doch so aufrichtig, wie es wohlerzogene Menschen nicht sein würden. Frau Anna seufzte. Sie dachte, daß sie in diesem Jahre vielleicht doch mehr für ihr Aussehen hätte tun müssen, als es geschehen war.

Mit besorgtem Gesichtsausdruck holte sie ihre Schmucksachen hervor und begann sie blank zu putzen. Sie wenigstens sollten neu und glänzend scheinen.

Seit ihrem Hochzeitstage hatte sie sich nicht mit solcher Sorgfalt geschmückt.

Ob sie wagen sollte, ein wenig Schminke aufzulegen? Vielleicht war der Betreffende kurzsichtig?

Es klopfte an die Tür, und der Schreck färbte Frau Annas Wangen auf natürliche Weise.

Es war nur Babette, die sich jetzt mit ihren Rosen auf den Weg machen wollte. Sie murmelte etwas von einer Notenbesorgung und gab der Mutter einen zärtlichen Kuß.

Frau Anna erwiderte ihn, streichelte sanft über Babettes Haar und beschloß dabei, sich noch ein wenig enger zu schnüren. Das Glück ihrer einzigen Tochter war dieses kleine Opfer wohl wert. Mutig wendete sie sich wieder dem Spiegel zu ...

Babette aber durchquerte ein großes Stück der abendlichen Stadt. Jetzt stieg sie eine Holztreppe hinauf, die bei jedem Schritte knarrte. Alle Wohnungstüren, an denen Babette vorüberkam, waren mit Visitenkarten besetzt. Ganz oben fand sie endlich Fritz Wegners Namen.

Unschlüssig war Babette stehen geblieben. Neben ihr hing eine altmodische Klingel. Aber sie fand nicht gleich den Mut, sie zu ziehen.

Da fuhr sie erschreckt zusammen. Hinter der Tür schrie jemand.

Sie lauschte angstvoll. Starb ihr Fritz? Nein, es war Gesang. Gesang, der lauter und deutlicher wurde. Bald konnte sie auch die Worte verstehen. Die Stimme eines Mannes schrie: »Auf dem Balkon von Colombinchen, da aßen zwei ein Philippinchen. Pinchen, Pinchen.«

Bei Pinchen, Pinchen fielen verschiedene andere Stimmen ein.

Babette war empört. Wie konnte in einer Wohnung, wo ein kranker, ein verwundeter Soldat lag, ein solcher Lärm verübt werden? Heftig zog sie die Klingel. Niemand öffnete.

»Pinchen, Pinchen«, brüllte es in steter Wiederkehr.

Babette mußte noch mehrere Male klingeln, ehe endlich langsame Schritte näherschlürften.

Die Tür öffnete sich ein wenig. Eine runde Frau hatte sie mit dem Ellbogen aufgeklinkt. Ihre Hände waren von einer großen Tasse voll Kaffee und einem nicht kleinen Stück Kuchen vollständig in Anspruch genommen. Babette fragte verwirrt, ob der Herr Leutnant Wegner hier wohne. Die Frau grinste, horchte auf den Lärm da drinnen und sagte: »Das will ich wohl meinen.«

»Wie geht es ihm denn?« flüsterte Babette. »Liegt er? Schlummert er?«

Die Frau grinste noch breiter bei diesem Spaß und sagte, wenn es so weiter ginge mit diesem Gesuff, würde er wohl bald soweit sein. Aber nun solle das Fräulein endlich hereinkommen, man heizte doch nicht fürs Treppenhaus. Sie war doch wohl auch eine Kusine von Herrn Leutnant? Zwei wären schon da. Aber man feiert auch nur einmal im Jahr Geburtstag.

»Pinchen, Pinchen«, brüllte es hinter der Tür.

Babette begriff nicht gleich, daß es Fritz sein sollte, der heute Geburtstag feierte. Sie wußte genau, daß er im Mai geboren war. Denn sie hatte gerade dies so herrlich an ihm gefunden.

Da wurde die Tür aufgerissen. Ein Chor heiserer Stimmen tobte: »Schampus, Schampus, rasch, alte Dame, eine neue Flasche.«

Die runde Frau drehte sich langsam mit Kuchen und Kaffee herum.

»Immer langsam und gemütlich«, sagte sie.

Aber als sie sich wieder zurückdrehte, war das fremde Fräulein fort. Sie schlug mit dem Fuß die Tür zu, die noch offenstand. Gedanken machte sie sich nicht.

Voll Angst und Ekel war Babette entflohen. Als sie nach Haus kam, waren die Eltern im Theater.

Auch Hermann war nicht da. Ganz allein war sie.

Sie verschloß ihr Zimmer und nahm die roten Rosen aus dem verknüllten Papier. Ein paar Blätter waren schwarz geworden von der unbarmherzigen Kälte.

Babette entfernte sie behutsam, beschnitt die Stiele und setzte sie in laues Salzwasser. Und laues Salzwasser tropfte auch in die Kelche der Blumen.

Es wurde ganz still im Zimmer. Nur die Uhr tickte weiter.

Wenn es das Schicksal am besten mit uns meint, dann sind wir ihm am bösesten.

Aber schließlich war Babette doch eingeschlafen. So friedlich, wie man mit siebzehn Jahren schläft, nachdem man sich tüchtig ausgeweint hat.

Es war nicht mehr früh, als sie erwachte, weil man an ihre Tür klopfte.

Hermann stand davor und fragte auf französisch, ob ihm Babette zwanzig Mark geben könne. Er bediente sich dieser Sprache stets, wenn er seiner Schwester etwas mitteilen wollte, was die Eltern oder die Dienstboten nicht hören sollten.

Babette war erschreckt aufgefahren. Diese Sprachlaute hatten sie sofort an alles erinnert.

»... Je ne vous aime pas, je ne ...«

»Hörst du, Babette, oder schläfst du?« rief Hermann mit erhöhter Stimme.

»Ich wäre dir sehr verbunden, *si tu pouvais me donner vingt mark.*«

Babette sagte: »*Oui*, ich werde sie dir an den Frühstückstisch bringen.«

»*Tu es une ange, ma chère*«, rief Hermann zurück und schlug als Bekräftigung einen herben Fausthieb gegen die verschlossene Tür. –

Das runde Goldstück verhinderte, daß Hermann beim Frühstück bemerkte, wie verweint seine *chère sœur* war. Man sieht jemandem, von dem man Geld bekommt, nicht unnütz lange ins Gesicht.

Er schob das Geldstück in die Tasche, steckte sich eine Zigarette an und sagte:

»Sobald ich das Perpetuum mobile erfunden habe, bekommst du's mit Zinseszinsen zurück. Servus.«

Dann ging er. Liane Violetta sollte Blumen und Schokolade bekommen. Sie liebte nicht die trüben Wintersorgen.

Babette blieb am Kaffeetisch. Es war nicht hell und nicht dunkel im Zimmer. Napoleon hockte mit halb geschlossenen Augen auf der Stange und rührte sich nicht. Ein Duft von Kaffee, Leberwurst und Tannenzweigen wehte durch den Raum.

Babette wünschte beinahe, daß die Mutter hereinkommen würde, um sie auszuforschen, warum sie traurig sei und geweint habe. Daß sie sie umarmen möchte und nicht eher loslassen würde, bis Babette ihr alles gesagt hätte, ihr weinend verraten hätte, daß alle Männer schlecht wären und sie immer, immer bei ihrer geliebten Mutter bleiben wollte.

Sie sehnte sich sehr nach jemandem, an den sie alle ihre Zärtlichkeit verschwenden konnte.

Vielleicht hätte dieser Augenblick Mutter und Tochter fürs Leben zu Freundinnen machen können. Wenn Frau Anna nur nicht ganz so beschäftigt mit Babettes Wohl gewesen wäre, daß sie keinen Blick für sie übrig haben konnte. Sie zählte die Minuten, bis die Frau Baronin wieder da sein würde. Und mit ihr die Antwort. Die Antwort eines Adligen. Sie war erregt, wie wenn sie selbst Braut werden sollte.

Den gestrigen Abend würde sie nicht vergessen, solange sie lebte. Das wußte sie bestimmt. Das ganze Theater schien mit Bräutigamen besetzt zu sein. Jeder Herr hatte sie angesehen. Scharf, lächelnd, prüfend, abwägend. Aus schmalen Augen und aus runden, aus Brillen, Kneifern und Monokeln hatte man sie mit Blicken durchbohrt.

Sie hatte sich nicht zu rühren gewagt. Nicht zu räuspern, nicht zu husten. Kaum zu atmen. Aber immer gelächelt. Immer.

Und wie eng war sie geschnürt gewesen.

Sie hatte ein Recht auf eine freudige Antwort. Ihre Unruhe war begreiflich. Erregt lief sie aus einem Zimmer ins andere. Suchte den Schlüsselkorb, konnte das Lorgnon nicht finden, ärgerte sich über ein Staubkorn. –

Babette hatte nichts anderes anzufangen gewußt, als die Schlittschuhe zu nehmen und auch einmal des Vormittags auf die Eisbahn zu gehen.

Zu ihrem Erstaunen traf sie ihren Bruder dort.

Auch Hermann suchte Trost in der Natur.

Liane hatte Blumen und Schokolade empfangen. Aber nicht ihn. Jeder Stand hat seine Moral. Sie hatte ihm sagen lassen, wenn man jemand für den Nachmittag bestellt hat, so empfängt man ihn nicht am Morgen. Ordnung muß sein.

Hermann mußte ihr recht geben. Ordnung muß sein. Warum studierte er sonst Jura?

Aber wenn er nur wenigstens die blanken Gummischuhe, die neben dem Garderobenständer gestanden hatten, noch einen Augenblick länger hätte sehen können. Sie schienen ihm so unheimlich groß? Wie wenn sie an Herrenfüße gehörten?

Schweigend liefen die Geschwister nebeneinander her.

Nach einer Weile kam ihnen der Ökonom auf der glatten Fläche entgegen. Mit einer kunstvollen Arabeske schloß er sich ihnen an.

Er begann bald von der M. V. zu reden. Und von der F. L. Von den moralischen Verpflichtungen und der freien Liebe. Nur ganz im allgemeinen sprach er. So wie man eben über die Probleme des Lebens spricht, wenn man die Welt zu verbessern hat.

Aber Hermann verbat sich das. Er sagte, das wären keine Gespräche für Schwestern. Diese Weisheiten könne er vor seinen Freundinnen auskramen. Aber nicht vor Babette.

Der Nationalökonom sagte, daß er Babette zu seinen Freundinnen zähle.

Da hieb ihm Hermann eine Ohrfeige herunter.

Sein Freund war auch Mitglied des Kauklubs. Also satisfaktionsfähig. Er hieb zurück.

Eis ist noch glatter als der gewöhnliche Boden des Lebens. Bald wälzten sich beide, eng verschlungen, auf dem gefrorenen Wasser.

Als sie wieder aufstanden, hatte ihre Freundschaft einen Knacks bekommen. Ohne sich zu grüßen gingen sie voneinander.

Babette half den Schnee von Hermanns Mantel abklopfen. Dann verließen sie die Eisbahn.

»Nun weißt du, daß du einen Bruder hast«, sagte Hermann zufrieden.

Vor der Tür der nächsten Konditorei blieb er stehen.

»Du könntest mir einen Grog spendieren«, sagte er.

Babette war nicht abgeneigt, auf all ihren bittern Kummer ein Stück Apfelkuchen mit Schlagsahne zu essen. Sie gingen hinein.

»Eigentlich könntest du einmal bezahlen«, sagte sie. »Ich habe noch keinerlei Weihnachtsgeschenke besorgt.«

»Unmöglich«, sagte Hermann. Was er von dem Goldstück noch übrig hatte, wollte er für Liane verwenden.

Denn er hatte es vorhin bewiesen. Er hielt genau auseinander, was einer Freundin zukam und was einer Schwester gebührte.

Während sich auf dem Eise so heiße Vorgänge abspielten, hatte in Bomberlings durchwärmtem Salon ein recht frostiges Zusammensein stattgefunden. Mit einiger Verspätung war die Frau Baronin endlich gekommen.

Nachdem sie höflich gefragt hatte, ob sich die gnädige Frau gestern gut unterhalten habe und ob das Stück und die Schauspieler nett gewesen wären, sagte sie endlich, daß auch der adlige Herr dagewesen wäre.

»Wo hat er denn gesessen?« fragte Frau Bomberling hastig – – –. »Es waren so viele da, die ihm ähnlich sahen.« –

»Die ihm hätten ähnlich sein können«, verbesserte sie sich rasch, als sie den erstaunten Blick der Frau Baronin bemerkte.

»Ja – er war da – und – «

»Und?« fragte Frau Anna laut und dringend.

»Liebe, gnädige Frau – so leid es mir tut – die Wahrheit heraus – Sie sind dem Herrn zu stark.«

Es war gesagt. Eine schwere Stille entstand.

Mit dem, was man schweigend von einander denkt, kränkt man sich nicht.

Erst nach einer langen Weile stieß Frau Bomberling mit einem Atemzug des auf- und abwogenden Busens hervor:

»Und dieser Mensch will adlig sein?«

Die Frau Baronin lächelte höflich.

»Nehmen Sie sichs nicht zu Herzen, gnädige Frau«, sagte sie. »Der Geschmack ist verschieden. Sie glauben nicht, wie anspruchsvoll die jungen Leute heutzutage sind.«

Und sie erzählte, daß die einen nur Damen ohne Blinddarm, andere nur Damen ohne Eltern und Geschwister wollten und viele sogar genau bestimmten, wie klein die Nase sein müsse.

»Nur die Mitgift solle immer groß sein«, sagte sie beleidigt. »Ich habs auch nicht leicht, Verehrteste. Glauben Sie's mir.«

Frau Bomberling schien nichts von alledem zu hören. Die gekränkte Eitelkeit pfiff um ihre Ohren.

Sie wurde erst wieder etwas anteilnehmender, als die Frau Baronin sagte: »Ich wollte mir einen andern Vorschlag erlauben. Ich habe da einen fünfstöckigen Hausbesitzer mit sehr viel unbebautem Terrain.«

»Ach, das ist gewiß ein alter Mann«, unterbrach sie Frau Bomberling abweisend. – »Gestern im Theater bekam die Tochter, die gar nicht mehr besonders jung war, einen so reizenden Flieger. Reich und jung. Bildhübsch sah er in seinem Kostüm aus.«

Die Frau Baronin wendete ein, daß Flieger meistens Leute aus niedrigen Kreisen seien, die nichts anderes im Sinn hätten, als möglichst rasch in die Höhe zu kommen. »Allerdings, auf dem Theater«, fügte sie schmerzlich hinzu. »Das sieht alles schön aus. Aber im Leben ist es anders. Da sind die Herren, die wirklich ehrliche Absichten haben, alle ein wenig vom Leben mitgenommen. Warum sollten sie auch sonst heiraten?«

Sie zuckte die Achseln und seufzte.

Vielleicht dachte sie an ihren Pryczsbitzky. Vielleicht war sie auch nur ärgerlich, daß sie ihre kostbare Zeit vor Weihnachten hier zu vergeuden schien.

»Ihr Fräulein Tochter ist schön«, fing sie wieder an. – »Wenn sie mehr Hausverkehr hätten – aber natürlich – dieser und jener wird sich an den Särgen stoßen, in unserer nervösen Zeit. – Vielleicht warten Sie bis zum Frühjahr – eine kleine internationale Reise – «

Sie stand auf und begann ihren Mantel zuzuknöpfen.

»Wie gesagt, der Hausbesitzer – ansehen kostet nichts. Ich werde mir erlauben, ihn Ihnen am Neujahrstage zuzuschicken. Er macht einen kleinen Besuch – bringt einen Gruß von der Rätin.«

Frau Bomberling sagte nicht ja. Aber sie sagte auch nicht nein.

Die Frau Baronin öffnete ihre blanke Handtasche und entnahm ihr einen blauen Briefumschlag, der mit einer großen roten Krone geschmückt war.

»Wie dem auch sei«, sagte sie. »Jedes Jahr hat seine eigenen Zahlen. Darf ich Sie bitten, mir einstweilen die kleinen Spesen von diesem zu vergüten.«

Frau Bomberling griff zum Lorgnon, öffnete den Brief und las. Trotzdem sie die liebenswürdige Baronin erst kurze Zeit kannte, war die Rechnung lang.

Die Plauderstündchen von gestern und heute waren Konsultationen genannt und in diesem Sinne berechnet. Die Autofahrten kamen hinzu. Auch das Theaterbillett des Herrn von Adel, der sie zu stark gefunden hatte, mußte Frau Bomberling begleichen. Er hatte auf einem sehr feinen Platz gesessen.

Die Frau Baronin räusperte sich deutlich.

Frau Bomberling wurde verlegen, sie unterbrach die Lektüre, griff zum Portemonnaie und bezahlte die Schlußsumme.

»Es war mir ein Vergnügen, auf Wiedersehen«, sagte die Baronin und ging mit schnellen und wiegenden Schritten hinaus.

Als Frau Bomberling jetzt vor dem Schreibtisch saß, um diese Ausgabe zu buchen, wußte sie nicht recht, wie sie sie benennen sollte.

Nach einigem Zögern schrieb sie die nicht unansehnliche Summe hinter die Rubrik: Brennmaterialien. Sie dachte dabei, wie kostenlos sich August und sie gefunden hatten. Nachdenklich schüttelte sie den Kopf, als sie das Löschblatt sorgsam zwischen die Seiten legte.

Sie vergaß, daß damals wahrscheinlich noch die alten Götter am Werk waren. Sie konnten billig sein. Auch bei den größten Entfernungen. Sie hatten Flügel.

Auf Bomberlings Haus saß ein Dachdecker und schaufelte den hohen Schnee in den Hof hinunter. Da er nach Zeit bezahlt wurde, machte er, trotz der Luftigkeit seines Aufenthaltes, dann und wann eine Pause. Er blies in seine starren Hände, beugte sich ein wenig vor und spähte in die warmen Zimmer der reichen Leute. Der trübe Wintertag hatte manchen die Gardine beiseite schieben lassen.

Am meisten gab es bei Bomberlings zu sehen. Sie hatten schon Licht angezündet.

Deutlich sah er, daß am Fenster ein kleiner Kanarienvogel saß, der sich in den Federn krabbelte. Weiter ins Zimmer, an der Wand, hing ein schönes buntes Bild. Was es vorstellte, konnte er nicht erkennen, aber der dicke Goldrahmen sagte ihm, daß es ein feines Bild sei.

Das hübscheste war der Tisch unter dem Kronleuchter. Da saß eine Familie und aß. Ein dicker Herr, mit der Serviette um den Hals, eine dicke Dame, mit hoher, blonder Frisur, noch ein dicker, aber junger Herr und ein Fräulein, ganz schlank und blond.

Das war wie im Kinematographen. Sie bewegten sich, ihre Münder klappten auf und zu, aber man hörte nichts. Grinsend griff er wieder zur Schaufel. In schweren Klumpen klatschte der Schnee zu Boden.

Als er sich wieder vorbeugte, ging in dem hellen Zimmer ein Dienstmädchen mit einer großen Schüssel von einem zum andern. Jeder häufte sich seinen Teller voll.

Sie hatten es gut und waren zufrieden. –

Aber auch vom Dach kann man nicht in das Herz der Menschen sehen.

Hermann aß nur, um dem Vater nicht unangenehm aufzufallen. Er war noch ärgerlich über den Ökonomen, und sonst dachte er nur an die großen Gummischuhe in Lianes Vorzimmer.

Frau Anna fragte sich, ob nicht jeder Bissen, den sie aß, ihr Gewicht verstärken würde. Traurig sah sie zu Babette hinüber, die vor ihrem Teller saß, ohne zu ahnen, daß die eigene Mutter ein Hindernis an ihrem Glück war.

Babette merkte nichts davon, obwohl sie von den Speisen nur kostete. Sie sah nicht auf. Dann und wann strich sie mit den schmalen Fingern über die Stirn, wie wenn sie die Gedanken dahinter glätten wollte. Sie mußte noch heute mit Paul reden. Er war der einzige, der sie verstand. Sie wollte von nun an arbeiten. Wie ein Mann. Im Morgengrauen hinaus. Das Frühstück in der Tasche.

Bomberling kaute laut und kräftig. Er dachte an die Jahresinventur, die bevorstand. Er rechnete. Scharfe Striche kreuzten die breite Heiterkeit seines runden Gesichtes.

So zog jeder seine eigenen Bilanzen, während sie schweigend das Essen teilten und dann und wann ein paar Worte wechselten, die nicht in ihre Gedanken gehörten.

Ein Klingeln an der Wohnungstür versprach eine Unterbrechung. Es war aber nur Tante Helene. Sie war etwas beleidigt, daß ihre Verwandten noch bei Tisch saßen, trotzdem sie das nicht anders hätte erwarten können. Sie wollte nicht stören. Nein. Sie wollte sofort wieder gehen. Aber dann saß sie doch zwischen Bomberling und Babette.

Der Mann auf dem Dache hatte alles mit Neugierde beobachtet.

»Die versüßt kein Essen«, dachte er und, zufriedener im Gemüt, tastete er sich auf die andere Seite des Daches.

»Danke, ich habe schon gegessen«, sagte Tante Helene. Aber als das Mädchen mit der Bratenschüssel weitergehen wollte, rief sie es ärgerlich zurück. Während sie ihren Teller reichlich mit allem versah, sagte sie: »Rostbeaf. Ihr solltet nicht so viel Rindfleisch essen. Ihr könnt euch doch Geflügel leisten.«

»Glaubst du, daß Geflügel weniger stark macht?« fragte Frau Bomberling anteilsvoll.

»Davon verstehe ich nichts«, sagte Helene, schon kauend. »Ich werde von nichts dick.«

Als sie eine Zeitlang gegessen hatte, wendete sie sich zu Bomberling und sagte, daß sie eine kleine Bitte an ihn hätte.

»Nur heraus damit«, antwortete Bomberling, der sich den Schnurrbart an der Serviette trocknete.

»Ich wollte dich um einen Gutschein für einen Sarg bitten. Er kann einfach sein, muß aber doch ein bißchen nett aussehen.«

Eine peinliche Stille entstand. Man sprach bei Bomberlings ansonsten nicht von Särgen.

»Was willst du denn damit?« fragte Bomberling.

»Der Vater meines Dienstmädchens ist schon lange krank. Ich will ihr daher außer einigen anderen kleinen

Nützlichkeiten diesen Gutschein zu Weihnachten schenken.«

»Bargeld kann ich ihr nicht geben«, fügte sie scharf hinzu. »Dazu bin ich nicht in der Lage.«

»Ein schönes Surrogat für bares Geld«, sagte Hermann und lachte vergnügt.

»Das ist doch aber ein schreckliches Geschenk«, sagte Frau Bomberling, die heute noch mehr zur Rührung neigte als sonst. – »Der alte Mann kann doch wieder gesund werden.«

»Dann hebt er sich den Schein eben auf. Wir sind alle nur sterbliche Menschen. Eines schönen Tages wird er ihn schon brauchen können.«

Ihr Mund konnte nur lächeln, aber ihre Stimme war jetzt recht scharf geworden.

Bomberling, der vor allem Ruhe und Frieden liebte, hatte rasch sein Taschentuch hervorgeholt, um den gewünschten Gutschein auszuschreiben. Tante Helene dankte und schob das Papier hastig in ihren schwarzen Seidengürtel.

»Man stirbt noch nicht davon, weil man einen Sarg geschenkt bekommt«, sagte sie. »Aber wenn man Pech hat, kann man sich den Finger in der Nase abbrechen – – – «

Bomberling war aufgestanden und sagte, daß er trotz des lieben Besuchs in die Fabrik müsse.

»Laß dich nicht stören«, sagte Tante Helene. »Ich bleibe gern mit Anna allein.«

Frau Anna sah müde aus. Der Vormittag hatte sie angegriffen, und ein Mittagsschläfchen war ihre Gewohnheit. Sie sagte, daß sie bald fort müsse, um Weihnachtseinkäufe zu machen.

»Da begleite ich dich«, antwortete Tante Helene und hatte sich schon wieder gesetzt.

Hermann sagte: »Falls ich abends nicht da sein sollte, lieber Papa – wundere dich nicht – das Studium – «

Babette bat, den Vater begleiten zu dürfen, sie wollte die neue Schreibmaschine probieren.

»Taut es denn?« fragte Bomberling erstaunt.

Aber Babette war schon hinaus, um sich Hut und Mantel zu nehmen.

Türen öffneten sich eigenen Wegen und schlossen sich wieder mit hartem Klapp.

»Du mußt wissen«, sagte Tante Helene, sobald es still geworden war, »daß ich Babettes wegen gekommen bin. Du hast dir gewiß schon manchmal gesagt, daß sie nun heiratsfähig ist?«

Frau Bomberling war über alle Maßen erstaunt. Auch im Traum hatte sie noch nicht daran gedacht.

Tante Helene sagte, wie gut es sei, daß der Mensch nicht allein sei, sondern Familie habe. Mütter sind leider allzu oft blind gegenüber ihren Kindern.

Sie hatte einen jungen Mann kennen gelernt. Vermögend, jung und heiter. Zum erstenmal hatte sie bedauert, keine Kinder, keine Tochter zu haben.

Frau Bomberling schwieg. Aus dem Kreis der Familie erwartet man keine Wunder.

Tante Helene sprach weiter.

»Ein hochgebildeter Mann. Versteht jedes Fremdwort, und alles treibt er mit Dampf.«

Frau Anna gähnte, fragte aber doch, was er mit Dampf treibe.

»Seine Wurstfabrik natürlich«, sagte Tante Helene triumphierend. »Vom Vater gegründet. Goldgrube.«

»Niemals«, sagte Frau Bomberling und stand auf.

Es war Zeit für die Weihnachtsbesorgungen.

Schweigend machten sie sich fertig. Sie fuhren Strassenbahn.

»Eine Wurstfabrik ist keine Schande«, sagte Tante Helene, als sie in dem sehr besetzten Wagen Platz gefunden hatten.

Frau Bomberling dachte an den Adligen und nahm sich vor, sich in dem Warenhaus wiegen zu lassen.

»Man soll nicht haben wollen, was man nicht bekommen kann«, sagte Tante Helene wieder. »Du möchtest natürlich einen Titel für sie. Frau Geheimrat. Wie deine vornehme Freundin.«

Sie lachte laut auf.

Die Bahn hatte sich nun in Bewegung gesetzt, und ihr Gerassel auf dem gefrorenen Pflaster machte diese verwandtschaftlichen Betrachtungen vollkommen unverständlich.

Anna sah nur, daß Helene lachte, und so lächelte sie höflich zurück.

Auf diese Weise plauderten sie, bis sie am Ziel waren.

Im Warenhaus war ein ungeheures Gedränge. Wie in einem Wurstkessel mit Dampfbetrieb.

Frau Bomberling fiel es auf, wie erstaunlich viel junge und auch hübsche Mädchen es gab. Lachend trieben sie mit. Alle sollten wohl über kurz oder lang einen Mann bekommen.

Sie wandte sich zu Helene, die ihnen mit ihren spitzen und scharfen Ellenbogen eine Gasse bahnte. Sie räusperte sich und sagte: »Wenn du es wünschst, kannst du euren neuen Bekannten natürlich zu uns bringen. Die Freunde unserer Verwandten sind auch unsere Freunde.«

Paul hatte sich gerade wieder einmal davon überzeugt, daß an Tauwetter noch nicht zu denken war. Da stand Babette vor ihm.

Bomberling, der hinter ihr kam, sagte, während er eilig den Pelz ablegte: »Sie will Schreibmaschine lernen. Nimm du dich ihrer an. Ich habe zu tun.«

Eine Massenbestellung war da. Ein Grubenunglück. Man war über den Preis noch nicht einig.

Bomberling saß schon vor dem Telephon.

»Wer einmal unser Kunde war, bleibt es für alle Zeit«, rief er durch das Schallrohr.

Babette zog Paul in das zweite Zimmer, wo die Schreibmaschine stand.

Paul hatte die Hand am Hals.

»Du mußt verzeihen – Babette – meine Krawatte hat – morgen wollte ich sie kassieren.«

Babette lachte.

»Wer achtet denn hier auf so etwas?« tröstete sie ihn.

Und dann sagte sie, daß sie seinetwegen gekommen sei. Mit einer großen, ernsten Bitte.

Er sollte mit Papa und Mama sprechen. Ihr fehle der Mut dazu.

»Babette«, rief Paul. Es sah aus, wie wenn er nach ihr greifen wollte, aber er packte nur die nächste Stuhllehne.

»Ja«, sagte Babette. »Ich kann es zu Haus nicht mehr aushalten. Frühstück, Mittag, Abendbrot. Das ist die Abwechslung. Dienstag Fisch, Mittwoch Rostbeaf und Sonntags eine Gans. Auf Jahre hinaus weiß man's im voraus. Ich ersticke daran.«

»Und mich – wirklich mich«, sagte Paul.

»Ja, du mußt es ihnen sagen. Denn heiraten werde ich niemals. Das weiß ich nun.«

»Ach so«, sagte Paul. Er gab die Stuhllehne frei – »aber was willst du denn?«

»Arbeiten. Da es Hermann nicht tut, will ich einmal Papas Fabrik übernehmen.«

Paul lächelte.

Wie sie da vor ihm stand, schlank, blond und liebreizend, sie, der weibliche Chef einer Sargfabrik, er mußte lachen.

Babette wurde dunkelrot.

Sie sagte, daß es hier nichts zu lachen gäbe.

Seit Jahrhunderten sei sie unterdrückt worden. Das sei nun vorbei.

Paul sagte, daß man ihr die Jahrhunderte nicht ansähe.

»Hat man die Frau unterdrückt«, verbesserte sich Babette, aber das sei jetzt zu Ende.

Und nun bekam Paul viele der Gedanken und Empfindungen des geprügelten Ökonomen zu hören.

»Ich werde einmal das Ganze hier vergrößern und verbessern. Und mein Vermögen werde ich für die Gründung eines Waisenhauses stiften.«

Kleine Kinder hatte Babette nämlich unendlich gern.

Paul lächelte weiter und sagte, daß sie ganz gewaltig vorgehe. Eins, zwei, drei, springe sie übers ganze Leben.

Babette sagte, wenn er sie heute verspotte, werde sie ihn entlassen, sobald sie ein Wort mitzureden habe. Aber wenn er ihr beistände, wollte sie ihn fürs ganze Leben engagieren.

Paul sagte, daß dies Bestechung sei. Aber er sei nur ein Mensch. Er wolle ihr helfen.

Er fragte, was sie zuerst lernen wolle.

»Alles«, sagte Babette kurz.

Paul schlug vor, mit der Buchführung und der Maschinenschrift zu beginnen.

Babette nahm das Pelzhütchen ab, strich sich eine blonde Locke aus der Stirn, die das heftige Gespräch dort hinausgetrieben hatte, und setzte sich.

Paul holte ein großes neues Kontobuch und nahm neben ihr Platz. Er begann zu erklären, daß die doppelte, italienisch genannte Buchführung die übliche sei. Debet und Kredit.

Eifrig rückte Babette an Paul heran.

Je weiter die Frauen von den Männern fortstreben, je näher kommen sie ihnen.

Eine Mutter geht von Pflicht zu Pflicht. Frau Bomberling sagte sich, daß sie etwas tun müsse, um dünner zu werden. Noch einmal wollte sie Babettes Glück nicht aufs Spiel setzen.

Helene hatte gestern einen Arzt genannt, der die Wohlhabenden mager kurierte. Sie mußte ihn aufsuchen.

Aber am Vormittag hatte sie den Baum zu putzen. Morgen war Weihnachtsabend.

Babette half der Mutter beim Ausschmücken. Ihr Arbeitsfeld war der Gipfel der Tanne. Frau Bomberling wagte nicht zu klettern, Babette aber stand auf einem Stuhl, der auf den Tisch gehoben war. Sie befestigte an die Baumspitze einen großen Stern, und darunter kam ein Wachsengel, der aus einer gläsernen Trompete ›Friede auf Erden‹ blies.

Behutsam begann Babette bei dieser Beschäftigung von ihren Plänen zu reden. Von Arbeit und Selbständigkeit.

Frau Bomberling hatte den Kopf auf eine Seite geneigt und sah, ob das Flittergold gut verteilt war. Immer noch schüttete sie ein Goldpäckchen mehr auf die Zweige.

Babettes Worte nahm sie nicht schwer.

Sie wußte aus dem Wohltätigkeitskränzchen, daß jetzt alle Mädchen in Babettes Alter diese Sprache führten. Alle Damen hatten darüber geklagt.

Man muß sie nicht zum Widerspruch reizen und dafür sorgen, daß bald der Rechte kommt, hatte Frau Geheimrat gesagt.

»Paß auf, wie tüchtig ich mich erweisen werde«, sagte Babette hoch vom Baum herab und gab dem dicken Engel noch einen kleinen Schaukelschwung.

»Das wirst du alles nicht nötig haben«, sagte Frau Anna sanft und reichte Babette noch einen großen Packen Rauschgold hinauf.

»Wenn es dir Spaß macht, kannst du ja ein bißchen Buchführung bei Paul lernen. Wer weiß, wozu es gut ist«, und sie dachte, daß Babettes Hausstand einmal so groß sein würde, daß eine doppelte Buchführung dazu nötig sein könne.

Am Nachmittag rief sie durch den Fernsprecher den berühmten Arzt an.

Seine Wirtschafterin meldete sich und sagte, daß der Herr Medizinalrat nur am Vormittag zu sprechen sei. Seine Praxis wäre so groß, daß er am Nachmittag immer einer Beerdigung beizuwohnen habe.

Frau Bomberling sagte sich für den anderen Vormittag an. Trotz des Weihnachtsabends. Sie wollte bis Neujahr schon ein wenig kuriert werden.

Arztbesuche war Frau Bomberling nicht gewohnt. Sie war immer gesund gewesen, selbst ihre Zähne saßen noch in lückenloser Reihe.

Das alles sah der Arzt sofort, als Frau Bomberling ihm gegenüber Platz genommen hatte.

Frau Bomberling war sehr verlegen. Sie hatte einen Herrn mit grauem Bart erwartet, die Augen hinter der Brille. Statt dessen saß ihr jemand gegenüber, der sie aus einem glattrasierten Gesicht mit scharfen Augen musterte.

Er sagte auf ihre Klagen, daß sie in der Jugend gewiß körperliche Arbeit verrichtet hätte, wahrscheinlich auch nicht aus der Stadt sei.

Frau Bomberling zögerte mit der Antwort und drehte an der goldenen Kette des Lorgnons.

Der Herr sagte, daß man einem Arzt alles mitteilen könnte und Vertrauen hier die erste Pflicht sei.

So gestand Frau Bomberling die väterliche Schmiede ein, das Waschen der Wäsche am Bach und schließlich auch die übrige Hausarbeit. Aber das läge nun alles weit zurück.

»Das sehe ich«, sagte der Arzt.

Frau Anna wußte nicht, ob sein Blick der Zobelgarnitur galt oder ihr selbst.

Der Arzt sprach nun längere Zeit.

Ruhig und sachgemäß sagte er, daß es eine unglückliche, nicht zu leugnende Tatsache sei, daß das Wohlleben ungesund und schädlich sei. Jede Seele brauche ihren Leib.

Aber es sei unangenehm, wenn dieser unaufhörlich zunähme.

Er lächelte, während gräßliche Worte wie Herzverfettung und Arteriosklerose über seine Lippen kamen und noch viele andere Fremdwörter voll unheimlicher Geheimnisse folgten.

»Muß ich sterben?« stammelte Frau Bomberling, die hellen blauen Augen dick voll Tränen.

»Das hängt ganz von Ihnen ab«, sagte der Arzt mit höflicher Verbeugung.

Über solche Worte würde sich jeder gefreut haben.

Frau Bomberling trocknete die Tränen und hörte voll Vertrauen zu, was man ihr sagte.

Sie wurde gefragt, ob sie nicht einfach wieder viele Hausarbeit verrichten könne.

Aber sie mußte antworten, daß dies unmöglich sei. Die Dienstmädchen würden keinen Respekt mehr vor ihr haben. Und sie entlassen konnte sie auch nicht. Was würde die Welt dazu sagen? Der Portier und ihre Freundin, die Frau Geheimrat, ihre Bekannte, die Frau Baronin?

»Dann müssen wir also Gymnastik anwenden«, unterbrach sie der Arzt – »Rumpfbeuge, Kniebeuge.«

Der Arzt notierte eine Reihe von Übungen auf und erklärte sie.

»Als hervorragend wirksam hat sich auch das Kriechen auf allen Vieren erwiesen«, fuhr er fort.

»Kriechen Sie jeden Morgen, Mittag und Abend einmal um Ihr Schlafzimmer herum.«

»Kriechen?« fragte Frau Bomberling erschreckt.

»Sie brauchen sich nicht geniert zu fühlen«, sagte der Arzt ruhig, »die Damen der besten Gesellschaft tun es. Es ist vollkommen fashionabel.«

Er blätterte dabei in seinem Notizbuch. Er suchte etwas.

»Ich komme nun zum Speisezettel«, sagte er dann, wieder lebhafter werdend.

»Essen Sie gern Schokolade, Süßigkeiten?«

»Sehr gern«, sagte Frau Bomberling erfreut.

»Ausgezeichnet«, sagte der Doktor.

»Aber ich hörte doch, daß gerade Süßigkeiten – «

Frau Bomberling sah schüchtern fragend zu dem Arzt hinüber.

»So gut wie ganz zu vermeiden sind, sehr richtig«, fiel der Arzt ein.

»Aber ich wollte Ihnen raten, vor jeder Mahlzeit ein Stück Schokolade zu essen. Das verlegt vollkommen den Appetit. Das ist die Hauptsache. Wenig und nichts Fetthaltiges essen. Und wenn Sie Durst haben, trinken Sie nichts, sondern spülen Sie den Mund aus.«

Frau Bomberling bekam auch einen Speisezettel. Er war nicht so lang wie die Aufzeichnung der Turnübungen. Dann zahlte sie und war entlassen.

Ehe sie zur Tür hinausging, drehte sie sich noch einmal um und fragte, ob dies alles auch sicher helfen werde.

»Zweifellos, meine Gnädigste. Ein Elefant würde davon abmagern«, sagte der Arzt und quittierte ihren flehenden Blick mit noch einer höflichen Verbeugung, die allerdings etwas flüchtiger ausfiel.

Denn er hatte die Uhr in der Hand und war schon an der Tür des Wartezimmers.

Der Weihnachtsabend war da. Das große Familienfest. Aber Feierlichkeit im engen Familienkreis ist kein Vergnügen. Es sieht nur so aus.

Dieselben Menschen, die sich immer zu sehen gewohnt sind, müssen, festtäglich geschmückt, einander anlächeln, als wüßten sie sich kaum bei Namen zu nennen. Das ist unbequem.

Bomberling stand im schwarzen Rock vor dem Gabentisch im Salon und bewunderte das Petschaft der ägyptischen Mumie.

»Du hältst es verkehrt«, sagte Anna. »Der Verkäufer hat mir gezeigt, von welcher Seite man es ansehen muß.«

Gehorsam betrachtete Bomberling die Hieroglyphen von der anderen Seite.

Babette und Hermann spielten ein Weihnachtslied für Klavier und Geige.

Auf dem Flügel lag ein Herz aus Marzipan. Das hatte Hilde Wegner geschickt. Es brachte Babettens Gedanken auf andre Herzenssachen.

Hermann dachte, daß er morgen mit dieser selben Geige Lianes Gesang begleiten würde. Er spielte mit großer Innigkeit.

Die Eltern saßen in den großen Lehnstühlen.

Frau Anna tupfte sich gerührt die Augen. Wie schön die Kinder spielten. Wie vornehm. Den adligsten Mann würde dies Spiel erbaut haben.

Ein wenig ärgerlich sah sie zu Bomberling herüber, der auf den Tannenbaum starrte und es nicht verbarg, daß ihm Musik ein gleichgültiges Geräusch war.

Bomberling dachte an früher, an die Zeit, wo das Konzertieren der Kinder darin bestand, daß sie in Blechtrompeten bliesen.

Jung war man damals gewesen und hatte reden können, wie einem der Schnabel gewachsen.

Die Musik brach ab. Man ging zu Tisch. Langsam wie die Kerzen am Baum schwelte der Abend herunter. Bis man sich gute Nacht sagen konnte ...

Frau Bomberling hatte sich selbst etwas zu Weihnachten geschenkt. Eine kleine Wage, die ihr täglich zeigte, daß sie schlanker wurde.

Mit der ganzen Rechtschaffenheit, die ihr angeboren war, befolgte sie die Befehle des Arztes. Sie kroch wie eine Schildkröte und turnte wie ein Rekrut. Dreimal am Tage. Das machte müde. Aber sie ertrug es mit einem geheimnisvollen Lächeln. Sie wußte, daß sie etwas für Babettes Glück tat.

Voll Vertrauen wartete sie auf das neue Jahr, das mit dem Hausbesitzer beginnen sollte.

Aber vorher kam der Silvesterabend.

Der Weihnachtsbaum brannte ein zweites Mal. Doch heute hüpften und flackerten die Flammen der Lichter. Lachen und Geschwätz bewegte die Luft. Nicht nur Hilde Wegner und Paul waren da. Zwischen Onkel Albert und Tante Helene saß ein neuer Bekannter, saß der Wurstfabrikant Christian Sebold.

Als Christian Sebold Frau Bomberling vorgestellt wurde, mußte sie sich beherrschen, ihm nicht beide Hände entgegenzustrecken. Erschreckt sah sie zu Babette hinüber, die mit Paul plauderte. Das war ein Mann, der jedem gefallen mußte. Groß und breitschultrig, mit einem dicken blonden Schnurrbart und einer bunten Samtweste mit entzückenden Knöpfen. Distinguiert und doch gemütlich.

Man war gleich miteinander bekannt geworden. Er saß zwischen ihnen, wie wenn er da immer gesessen hätte. Und wovon auch die Rede war, er wußte Bescheid.

Hilde Wegner erwähnte Italien. Ihre Tante wollte dort hinreisen.

»Tüchtiges, forsches Land«, sagte Christian Sebold und strich den Schnurrbart.

Man fragte begierig, ob er schon dort gewesen sei.

»Nein«, sagte er, »noch nicht. Aber ich stehe in steter Verbindung damit. Alle Mortadella aus Bologna, alle Salami aus Napoli. Am Golf von Neapel, Italia.«

»Wie wohlklingend«, bemerkte Frau Bomberling.

Und so unterhielt man sich weiter; gut, angeregt und belehrsam.

Nur Onkel Albert saß müde dabei.

»Kein Wunder«, sagte Tante Helene. – »Er kommt doch nie unter Menschen. Jeden Abend sind wir allein zu Haus.«

Man ist oft offenherziger, als man weiß.

Christian Sebold holte eine dicke Brieftasche hervor.

»Dem kann abgeholfen werden«, sagte er und überreichte Tante Helene eine Dauerkarte für den Verein »Sorgenbrecher«, dessen Präsident er war.

»Jeden Abend gemütliche Unterhaltung für jeden, der kommt.«

»Unterhaltung«, wiederholte Onkel Albert mürrisch. »Der eine wartet, bis der andere ausgeredet hat, damit er wieder selbst anfangen kann. Das ist alles.«

Er war ein wenig gallenleidend und hatte sich den ganzen Tag mit Tante Helene herumgestritten. Sie hatte die Hausschuhe Nachtschuhe genannt. Er hatte ihr erklärt, daß man Morgenschuhe sage, worauf sie behauptet hatte, das eine wäre so richtig wie das andere. Das beruhte nicht auf Wahrheit. Er wartete nur darauf, daß sie wieder allein waren.

»Laßt uns das alte Jahr fidel beschließen«, sang Christian Sebold und klopfte Onkel Albert gemütlich auf die Schulter.

»Seine Frau wird es einmal gut haben«, dachte Frau Bomberling.

Zu ihrer Freude scherzte und lachte Babette sehr viel mit Christian Sebold. Sie war ganz anders als in den letzten Tagen.

Babette dachte, daß Fritz Wegner seine Schwester fragen könnte, wie Babette am Silvesterabend gewesen sei. Lustig, sehr lustig, sollte Hilde antworten können. Darum spielte sie Klavier und sang und löste lachend die Rätsel, die Christian Sebold aufgab.

Als es zwölf schlug, ließ man die Gläser aneinanderklingen.

»Auf Glück und Wohlstand, prost!« sagte Christian Sebold und ging mit festem Schritt von einem zum andern.

Bomberling stieß mit niemandem an. Er ging nur zu Babette und strich leise über ihr Haar.

Frau Bomberling sagte, das Tränentuch in der Hand: »Daß unser Hermann heute nicht bei uns ist.«

Eine dringende Unterredung mit einem Freund hielt Hermann vom Elternhause fern.

»Wir müssen zusammen über die Schwelle des neuen Jahres stolpern, mein Kleiner«, hatte Liane gesagt ...

»Hast du denn auch mit Herrn Sebold angestoßen, mein Kind?« fragte Frau Bomberling, als sie ihrer Babette den Neujahrskuß gab.

»Ich glaube«, sagte Babette.

»Gefällt dir dieser dicke Wurstfabrikant?« fragte Paul.

»Ich glaube«, sagte Babette und gähnte ein wenig.

Es war spät, als man sich trennte.

Heute kroch Frau Bomberling nicht um ihr Schlafzimmer. Obwohl Bomberling sofort eingeschlafen war und nichts gemerkt hätte. Sie sagte sich, daß Christian Sebold ein Mensch sei, dem es nicht darauf ankommen würde, ob die Mutter seiner Braut ein Gramm mehr oder weniger wog. Mit dem Gefühl, daß es doch noch gute Menschen gab, schlief sie rasch und lächelnd ein.

Der Neujahrstag dämmerte auf. Grau und griesgrämig, als ob er noch ein Fetzen des alten Jahres wäre.

Bomberling fuhr zu seiner Arbeitsstätte. Die Fabrik war geschlossen, der Laden aber mußte geöffnet sein. Dem großen Agenten, der ruhelos für den Umsatz von Bomberlings Waren sorgte, war kein Feiertag heilig.

Babette war mit Hilde in die Kirche gegangen. Sie wollte sehen, ob es Wahrheit wäre, daß der neue Pfarrer, der ein Dichter sein sollte, so wunderbar predigen konnte.

Am Nachmittag wollte man eine Schlittenfahrt mit Christian Sebold machen.

Frau Bomberling zählte das Silber, das gestern gebraucht worden war. Aus der Küche kam der Duft eines großen Bratens und der Hauch schmorender Äpfel. Sie fühlte sich in Feiertagsstimmung.

Da schrie das Dienstmädchen im Nebenzimmer gellend auf.

Man hörte Gepolter und Geklirr.

Als Frau Bomberling hereinstürzte, sah sie gerade noch, wie sich Napoleon, wie ein gelbes Stückchen Butter, mit der Schneeluft verschmolz. Einen Augenblick später war er verschwunden.

Ganz wie der große Napoleon schien er die Freiheit der Gefangenschaft vorzuziehen.

Im ganzen Haus hielt man Nachfrage, man hoffte, daß er in ein fremdes Fenster geflogen sei. Aber jeder hatte nur seinen eigenen Vogel im Bauer.

Die Portiersfrau sagte, daß man den Vorfall der Polizei melden müsse. Sie allein könnte helfen. Denn sie konnte alle Häuser nach dem Vogel durchsuchen lassen. Vielleicht sogar ihn finden.

Frau Bomberling lief an das Telephon und rief die nächste Polizeiwache an.

Aber ein Vogel ist rascher entschlüpft als gefangen. Frau Bomberling mußte erst Namen, Wohnung und Beruf des Besitzers angeben.

Dann fragte man weiter: »Wann ist der Kanarienvogel entflogen?«

»Wohin?«

Das letztere wußte Frau Bomberling leider nicht.

»Besondere Merkmale?«

»Gelb«, rief Frau Bomberling.

»Rufname?«

»Napoleon.«

»Wie?«

»Napoleon.«

Jetzt entstand eine Pause. Frau Bomberling hörte deutlich, daß man in einem Buch blätterte. Dann vernahm sie nichts mehr.

»Sind Sie noch da?« rief Frau Bomberling.

»Da nicht, aber hier. Sagen Sie mal, mit wieviel p schreibt man Napoleon?«

Frau Bomberling zögerte.

Sie wußte es nicht. Und in jedem Augenblick konnte Napoleon von einer Katze gefressen werden.

»Mit zweien«, rief sie kurz entschlossen. Lieber zuviel als zuwenig, dachte sie.

»Gut, wenn wir ihn haben, kriegen Sie ihn. Schluß.«

Als Frau Bomberling den Hörer eingehängt hatte und sich erschöpft umdrehte, verbeugte sich vor ihr ein kleiner Herr im eng anschließenden Überzieher, der in hellgelben Lederhandschuhen einen Zylinderhut und einen Rosenstrauß hielt.

Er entschuldigte sich, daß er von der Offenheit der Wohnungstür Gebrauch gemacht hatte, und hoffte, daß er nicht störend käme.

Er bringe Grüße von der Frau Rätin. Außerdem erlaube er sich zu bemerken, daß, soweit sein bescheidenes

Wissen reiche, Napoleon nur mit einem p geschrieben werde.

Der kleine Mann war der fünfstöckige Hausbesitzer. Frau Bomberling aber glaubte, einen Finder Napoleons vor sich zu haben. Voll Freude rief sie: »Haben Sie ihn?«

Der lächelnde Herr betonte noch einmal, daß er nichts zu überbringen habe als Grüße von der Frau Rätin.

Nun begriff Frau Bomberling, wer vor ihr stand.

Sie maß ihn mit einem kurzen, aber scharfen Blick. Sie verglich ihn mit Christian Sebold. Er war gerichtet.

»Prill«, sagte der Herr und verbeugte sich ängstlich unter diesen Blicken. – »Rentier Prill.«

»Ein unglücklicher Augenblick«, sagte Frau Bomberling.

»Ich hörte ... Ich bedaure sehr. Aber wenn wir warten, wird das Vögelchen zurückkommen«, sagte Herr Prill, während er sich setzte und die Rosen sorgsam auf den Tisch legte. Frau Bomberling setzte sich auch, denn ihre Knie zitterten. Aber sie antwortete nichts. Sie fächelte sich nur mit einem duftenden Taschentuch.

»Das Fräulein Tochter auch ausgeflogen?« sagte der Besucher und meckerte ein kleines Lachen.

Ein Schrei im Nebenzimmer verhinderte eine Antwort.

Das Zimmermädchen stürzte herein, und ohne den Fremden zu beachten, schrie sie:

»Es fehlt noch einer.«

Frau Bomberling wies sie streng zurecht.

Sie sagte ihr, daß sie immer nur einen Vogel gehabt habe, also kein zweiter fehlen konnte.

Erst nach vielen Worten klärte es sich auf, daß das Mädchen von Hermann sprach. Sie hatte den jungen Herrn wecken wollen, aber niemand habe geantwortet. Da sei sie hineingegangen und habe das Bett unberührt vorgefunden. Der junge Herr war nicht nach Haus gekommen. Und es war zwölf Uhr mittags.

Herr Prill stand auf.

»Da will ich wirklich nicht länger stören«, sagte er, zog den Hut und ging.

Die Rosen nahm er wieder mit. Man soll nicht edler sein, als man muß. Die Frau Baronin hatte ihm noch verschiedene andre Adressen gegeben.

Frau Bomberling bemerkte sein Verschwinden gar nicht. Sie telephonierte an August, an ihren guten August. Er würde Rat wissen.

Bomberling rief zurück, daß er sofort nach Haus kommen werde. Der Junge war hoffentlich heil und gesund.

Ehe er fortfuhr, klingelte er die Polizei an. Zu seinem Erstaunen sagte man ihm, sobald er seinen Namen nannte, daß man bis jetzt vergeblich nach dem Vermißten gesucht habe. Wer weiß, wohin er sich verflogen hätte. In seiner Aufregung wunderte sich Bomberling nicht lange über die sonderbare Auskunft, sondern eilte nach Haus.

Am Fenster des Musikzimmers stand Anna. Sie schüttelte den Kopf. Hermann war also noch nicht da.

Als Bomberling seinen Wagen bezahlte, fuhr ein zweites Auto vor.

Es dauerte eine Weile, bis sich seine Tür öffnete. – Aber dann ging sie endlich auf, und langsam begann jemand herauszuklettern. Es war Hermann.

Er blinzelte nach dem anderen Wagen und begann dann in seinen Taschen nach Geld zu suchen. Er fand aber keins.

Bomberling sah zu Anna hinauf. Mit einem überglücklichen Blick trafen sich die Elternaugen.

Bomberling trat auf Hermann zu, der immer noch nach Geld suchte, und sagte: »Na, laß nur, Junge, ich werde zahlen.«

Hermann blinzelte Bomberling eine Weile an, dann sagte er: »Ach du bist's, Papa. Servus, servus. Ich habe mich ein wenig verspätet heut abend. Entschuldige.«

Er zog tief den Hut vor Bomberling und torkelte ins Haus. Oben stand Frau Anna in der Tür.

»Mein Sohn«, sagte sie unter Tränen und wollte Hermann umarmen.

Aber Hermann wich aus.

»Abregen, Mamachen, abregen«, sagte er, und wie ein Segelschiff im Sturm schwankte er an ihr vorüber, seinem Zimmer zu.

Auch am Nachmittag, als Christian Sebold mit Schlittengeläut vorfuhr, hörte man kein Gezwitscher Napoleons in der stillen Wohnung, wohl aber das Schnarchen Hermanns.

Babette wollte nicht Schlitten fahren. Sie hatte auf alle Fensterbretter Vogelfutter gestreut und spähte hinaus.

Es wurde schon dunkel. Tränen tropften aus ihren Augen.

»Ich werde ihn noch einmal suchen gehen, Babette«, sagte Paul und ging leise hinaus.

Auch Bomberling mochte nicht zugucken, wie Babette weinte.

»Ich gehe ein wenig spazieren«, sagte er nach einer Weile.

Christian Sebold blieb sitzen und schlürfte heißen Kaffee.

»Ein Kanarienvogel ist doch keine Kostbarkeit«, sagte er. »Ich wette, solch Tierchen wiegt mit allen Federn zusammen noch nicht mal ein viertel Pfund.«

Da klingelte es draußen. Das Mädchen meldete einen Herrn Kippenbach.

Ein junger Herr, nach der neuesten Mode gekleidet, kam herein, verbeugte sich, sagte, daß er gegenüber wohne und schon von Ansehen das blonde Fräulein kenne, dem er jetzt etwas überreichen möchte. Er holte eine Schachtel hervor, und als Babette sie öffnete, saß Napoleon darin.

Die Freude war groß. Herr Kippenbach wurde an den Kaffeetisch gebeten und setzte sich. Er sah sich um und sagte: »Sie haben es hübsch hier.«

Dann erzählte er, daß er der Sohn von Kippenbach & Sohn sei, selbsttätige Klaviere.

»Hochinteressant«, sagte Frau Bomberling und fügte hinzu, daß sie einen Konzertflügel besäßen.

»Auch hübsch, aber nicht mehr modern«, antwortete Kippenbach lächelnd. – »Sehen Sie – wer will in unserer rastlosen Zeit noch jahrelang üben, um sich am Sonntag einen Augenblick lang Musik machen zu können? Das ist gar nicht mehr zu verlangen. So aber – wer Sehnsucht bekommt nach Musik – dieser edlen Kunst, die uns dem Alltag entrückt – setzt sich vor sein selbsttätiges Klavier – und hat, was er braucht.«

»Dann gehe ich nie in die Oper«, sagte Christian Sebold und spielte an seiner breiten Uhrkette. Dieser Herr Kippenbach war ihm unangenehm.

Frau Bomberling lächelte ein vermittelndes Lächeln zwischen die beiden blonden Herren. Erst als Herr Kippenbach erwähnt hatte, daß er Leutnant der Reserve sei, lächelte sie einseitiger. Nichts ist unbeständiger als Frauengunst.

Babette lief ein und aus. Sie holte Badewasser für Napoleon und Zucker und Salatblättchen.

Da kam Paul zurück. Er merkte es gar nicht, daß ein Fremder am Tisch saß. Überglücklich lächelnd eilte er auf Babette zu.

»Wer sucht, der findet«, sagte er, knotete ein kleines Tuch auf und ließ Babette hineinsehen. Da drinnen saß Napoleon.

»Wie ist das aber möglich? Welcher ist denn nun der richtige?« fragte Babette und sah von Paul zu Herrn Kippenbach.

Da wurde die Wohnungstür aufgeschlossen. Bomberling kam zurück.

Lächelnd betrat er das Speisezimmer.

»Kippenbach«, sagte Herr Kippenbach mit einer tadellosen Verbeugung.

Bomberling merkte es nicht, denn er war zu Babette gegangen und sagte zärtlich: »Man muß nur seinen Vater ausschicken, dann braucht man nicht zu weinen.«

Und er holte einen Pappdeckel mit einem Sieb hervor. Und da drunter saß Napoleon.

Ein Staunen ohne Ende. Ein Beteuern – ein Durcheinanderreden der glücklichen Finder.

Christian Sebold stand auf. Schließlich war er auch einer und zwar einer, der seinen Steuerzettel im Knopfloch tragen konnte. Man konnte sich ein wenig mehr um ihn kümmern.

Darum sagte er jetzt mit lauter Stimme, daß es ihm leid täte, daß er der einzige hier sei, der keinen Vogel habe. Er wünschte dem Fräulein Babette weiter Glück im neuen Jahr und ging.

Kippenbach, Bomberling und Paul traten beratend zusammen. Jeder war bereit, seinen Vogel zurückzunehmen.

Alle drei Vögel waren von dem nächsten Vogelhändler. Trotz der Sonntagsruhe hatte er sie verkauft. Allerdings zu erhöhtem Preis.

Babette fütterte sie alle drei und fand, daß jeder ihrem Napoleon sprechend ähnlich sähe.

Man versuchte, die Vögel selbst entscheiden zu lassen. Man hielt das Vogelbauer hoch und rief »piep« und »Napoleon«. Aber sie flatterten alle drei hinter das Büfett, wo sie nur mit Mühe wieder hervorzuholen waren.

So beschloß man den Morgen abzuwarten und über Nacht alle drei hier zu behalten.

Herr Kippenbach drückte einen langen Kuß auf Frau Bomberlings Rechte und einen noch längeren auf Babettes schmale Hand und empfahl sich dann für heute.

Auch Paul ging. Denn Frau Bomberling konnte sich nicht mehr aufrechthalten. Die Schrecken dieses unruhigen Tages begannen plötzlich zu wirken. Auch war sie trotz der Schokoladenstückchen immer hungrig. Sie brach in Tränen aus und schien vollständig erschöpft zu sein.

Behutsam brachte Babette die Mutter zu Bett.

Bomberling versprach nach Hermann zu sehen, der erwacht zu sein schien, denn sein Schnarchen war verstummt.

Erst als Frau Anna ihren müden Körper auf dem kühlen Leinen fühlte, lächelte sie wieder ihre Babette an. »Wenn ich dich nur glücklich wüßte, mein Kind«, sagte sie.

Und nach einer Weile, schon mit geschlossenen Augen, murmelte sie schläfrig: »Der junge Herr Kippenbach scheint ein reizender Mensch zu sein. Seine Weste gefällt mir beinah noch besser als die des Herrn Sebold.«

»Ich weiß nur, daß sie alle beide bunt waren«, sagte Babette und sah sich dabei lächelnd in dem großen Spiegel. Wenn man weiß, daß man niemals heiraten wird, beunruhigt man sich nicht mehr über Männer und Westen.

Inzwischen hatte Bomberling das Zimmer seines Sohnes betreten. Hermann saß am Tisch und las. Er sah nicht auf.

»Komm nur zum Abendbrot, Junge«, sagte Bomberling. »Mama ist schon schlafen gegangen, und Babette wird dir eine lustige Geschichte erzählen.«

Hermann dachte bei sich, daß sich sein Vater tadellos wie ein Couleurfuchs benahm. Er hätte ihm gern die Hand gedrückt. Und er blieb stumm sitzen.

»Also komm, mein Junge. Wenn ich deine Mutter richtig kenne, wird auch ein Hering auf dem Tisch sein.«

Bomberling stand hinter Hermanns Stuhl. Er hätte dem Jungen ganz gern einmal über den dicken blonden Haarschopf gestrichen. Aber so ein Student, das ging wohl nicht mehr.

Hermann stand auf. Er sah zu Boden.

»Du hast mir wohl nicht meine Uhr heute abgenommen, Papa?« sagte er. »Es ist merkwürdig. Sie ist nicht da. Auch die Schlipsnadel und die Brieftasche. Es ist merkwürdig. Nicht zu finden.«

Bomberling setzte sich und nahm Feder und Papier.

»Da werden wir wohl eine Anzeige in die Zeitung rücken müssen. Sage mir rasch, wo du gewesen bist.«

Aber so rasch war das nicht gesagt. Es dauerte eine ganze Weile, bis die Anzeige zusammengestellt war.

Dem ehrlichen Finder war reichlich Gelegenheit gegeben, sich zu beweisen. Nicht nur in allen Bräus der Stadt, auch in den Varietees und in den roten Ballsälen, im schwarzen Kabarett, im Café Lustig und auch im Café Morgenrot konnte er Hermann Bomberlings Wertsachen begegnet sein.

Man muß der Zeit nur Zeit lassen. Es kommt alles zurecht. Als Bomberling am anderen Morgen nach dem Wetter sah, saß auf dem Thermometer ein Kanarienvogel.

Zweifellos war dies Napoleon der Erste. Er kam in sein Bauer. Die Untergeschobenen verschwanden wieder. Babette hatte einen neuen Beweis für die Falschheit der Männer.

Aber sie fand, daß etwas Besondres aus Napoleons Gesang töne, seit er dieses Erlebnis hinter sich hatte. Die anderen jedoch konnten nichts andres bemerken, als daß er heiser war.

Hermanns Wertsachen waren nicht zurückgekommen. Sie hatten eben keine Flügel. Auch Christian Sebold blieb fern. Vielleicht aus ähnlichen Gründen.

Dafür war Herr Kippenbach da. Beinahe jeden Abend. Man wußte längst, daß er Wilhelm hieß und daß er einen Sarg für kein schlimmeres Holzmöbel hielt als ein selbsttätiges Klavier. Geschäft ist Geschäft.

Jedesmal, wenn er kam, sagte er: »Eine Empfehlung von Papa und Mamachen.« Das flocht ein sanftes Band zwischen Familie und Familie ...

An jedem Nachmittag kam Babette in ihres Vaters Fabrik, um bei Paul zu lernen.

In den ersten Tagen hatte Bomberling erstaunt gefragt, ob Paul des Abends ausgebeten sei. Paul ging plötzlich nach der neuesten Mode gekleidet, Schlips und Strümpfe von demselben hellen Lila, und eine Weste, stutzerhaft wie die des Herrn Kippenbach. Aber eingeladen war er nirgends.

So liefen Tage und Hoffnungen weiter. Man riß den Kalender ab und kümmerte sich nicht mehr darum, ob das Jahr alt oder neu sei. Aber auf Bomberlings Gesicht schob ein nachdenklicher Gram die breite Heiterkeit mehr und mehr beiseite.

In Europa war Krieg, und wenn dieses Handwerk auch niemals der Sargfabrikation geschadet hätte, Bomberling sollte es zum Schaden gereichen. Tante Helene hatte recht. Wenn man Pech hat, konnte man sich den Finger in der Nase abbrechen. Große Forderungen blieben unbezahlt. Die Wertpapiere fielen.

Aber beinahe schlimmer quälte Bomberling ein häusliches Mißgeschick, dies drohte ihn um allen Frieden zu bringen. Über die Lage Europas konnten ihn die Zeitungen aufklären. Hier aber stand er vor einem Rätsel.

Eines Morgens war er früher erwacht als gewöhnlich. Mit geschlossenen Augen überdachte er die verwickelten Angelegenheiten seiner Fabrik. Da hob Anna leise den Kopf und fragte: »Schläfst du, August?«

Um nicht gestört zu werden, schwieg er.

Da geschah etwas Fürchterliches.

Anna schlich leise aus dem Bett heraus und begann schwerfällig und doch mit einer gewissen Übung im Zimmer herumzukriechen. Als sie wieder im Bett angelangt war, stieß sie einen kleinen Seufzer aus und legte sich wieder schlafen.

Eiskalte Nadeln strichen über Bomberlings Haut. Vergessene Märchen wurden wach. Verzauberte Kröten oder kronentragende Frösche. Er wußte nicht mehr die Zusammenhänge. Aber er empfand dasselbe Gruseln wie einst als Kind.

Am nächsten Morgen und noch an vielen andern konnte er dasselbe gräßliche Schauspiel beobachten, das nun den ganzen Tag lang seine Gedanken beschäftigte.

Am hellen Tage aber glaubt man nicht an Märchen. Bomberling sagte sich mit Entsetzen, daß Anna gemütskrank sein müsse.

Er begann über die verflossenen Wochen nachzudenken. Er erinnerte sich eines Theaterabends, wo sich Anna eingebildet hatte, daß alle jungen Männer sie ansähen. Ein irres Lächeln hatte damals beständig auf ihrem Gesicht gelegen. War dies der Anfang gewesen? Er begann Anna zu beobachten. Sie war blasser und magerer als früher. Sie aß fast gar nicht. Wenn er mit ihr ausging, sah sie sich alle jungen Männer an. Es konnte vorkommen, daß sie lebhaft aufschrie: »Sieh nur, wie distingiert. Wer mag das sein?«

Er brachte in Erfahrung, daß am Neujahrstage ein fremder Herr mit einem Rosenstrauß bei Anna gewesen war. Sie hatte ihm nichts davon erzählt. Sie war viel liebenswürdiger zu Herrn Kippenbach, als es Babette war, und bedauerte täglich, daß sich Christian Sebold nicht wieder zeigte.

Bomberling hatte niemand, dem er sich mitteilen konnte. Zu den Kindern durfte er nicht sprechen. Zu Paul vermochte er es auch nicht. An einen Arzt dachte er nicht.

Er begann die Geschäftsfreunde ein wenig nach dem Seelenleben ihrer Frauen auszuforschen.

Was er da zu hören bekam, war oft nicht schön.

Es sollte ein Alter geben, wo die Herzen der Frauen wieder mehr als jung wurden. Wo die Frauen aller Torheiten fähig waren. Diese zweite Jugend fiel gewöhnlich in das Alter, wo die ersten grauen Haare ausgerupft wurden. In die Zeit, wo man zu Wohlstand gekommen ist, die Kinder ihre eigenen Wege gehen und die Dienstboten den Haushalt besorgen. Die Langeweile war das Unglück.

So erklärte ein reichgewordener Holzhändler sich und Bomberling diese physischen Rätsel.

»Das Beste für den Mann ist, wenn sie dann sportwütig werden«, fügte er hinzu. »Die meine läuft den ganzen Tag auf unserer Terrasse Rollschuh. Das ist noch nicht das Schlimmste.“

»Nein, das ist noch nicht das Schlimmste«, sagte Bomberling und starrte weit über den breiten Mann hinweg.

Ein anderer sagte: »Alles geht vorüber. Wenn sie Großmütter werden, wird alles wieder gut.«

Da ersehnte auch Bomberling Babettes Verheiratung. Wenigstens mit einer Seite seines beunruhigten Herzens. Die andere wünschte, die Tochter niemals fortgeben zu müssen.

So kam er in eine schwierige Lage, als sich eines Vormittags ein älterer Herr bei ihm melden ließ, sich als Kippenbach senior vorstellte und nach einigen einleitenden Worten für seinen Sohn Wilhelm um Babettes Hand bat. Herr Kippenbach war überzeugt davon, daß die Kinder zusammen paßten. Obwohl er zugeben mußte, daß der Umsatz seiner Fabrik ein wenig hinter dem des Bomberlingschen Unternehmens zurückstand. Er erläuterte bedauernd, daß auf jeden in der Welt zwar ein Sarg käme, aber noch kein selbsttätiges Klavier.

Doch, was nicht ist, kann noch werden. Immerhin, die jungen Herrschaften Kippenbach würden zu leben haben. Und er nannte die Summe, die er sich als Mitgift des Fräulein Bomberling gedacht hatte.

Es war eine hübsche vielstellige Zahl mit sehr viel Nullen. So eine, die man als Hauptgewinn dick und schwarz auf den Losen tanzen sieht.

Zwei scharfe Augenpaare prüften sich. Zwei schlaue Geschäftsgesichter lächelten sich an.

»Wir müssen meine Tochter fragen. Und meine Frau«, antwortete Bomberling ruhig.

»Gewiß, gewiß«, beeilte sich der andere zu sagen. Er hatte seinem Gegenüber nicht das geringste Staunen ansehen können, als er die erhebliche Summe vorschlug. Die Fabrik mußte noch besser stehen, als er schon durch die geheime Auskunft erfahren hatte. Er war zufrieden und imponiert. –

Als Anna diese große Mitteilung erfuhr, war sie zuerst erfreut. Dann wurde sie nachdenklich. Und dann betrübt. Ihre Wünsche waren überholt worden. Die Wirklichkeit war zu plötzlich.

Nun sollte es entschieden sein, daß es kein Adliger war? Jetzt, wo sie schon zehn Pfund weniger wog.

Es sollte Tatsache werden, daß Babette nicht mehr bei ihr und August daheim war? Babette Kippenbach?

Frau Anna begann zu weinen. Und schob alle Entscheidung Bomberling zu.

Bomberling aber sagte, daß niemand zu bestimmen habe als Babette.

Die Siebzehnjährige saß in ihrem Zimmer, über Hefte und Bücher gebeugt. Auf der Mitte des Tisches stand eine gläserne Schale mit Schneeglöckchen.

Die Bücher, die vor Babette lagen, hatte Paul auf der Handelsschule benutzt. Auf manchem Blatt waren kleine Zeichnungen am Rand. Nachdenken oder Zerstreutheit mochten damals Pauls Hand geführt haben. Sie machten Babette großen Spaß. Auf einer Seite war eine kleine Puppe, die aus einer Flasche sog. Paul hatte gesagt, daß diese sie selbst vorstellen sollte. So klein war sie gewesen, als er aus diesen Büchern las.

Babette lernte und rechnete fleißig. Sie wollte von Paul gelobt werden. An jedem Nachmittag rühmte er aufs neue ihre rasche Auffassungsgabe, wogegen sie sein weites und klares Wissen sehr bewunderte. Sie waren durchaus miteinander zufrieden.

Erstaunt blickte Babette auf, als Vater und Mutter zusammen zu ihr hineinkamen. Als sie ihre ernsten Gesichter sah, erschrak sie.

Nun hatten sie gewiß ihr Erlebnis mit Fritz Wegner erfahren. Dieser Zwischenfall ihres Lebens peinigte ihr Gewissen unaufhörlich.

»Seid mir nicht böse«, sagte sie und stand auf.

»Wir sind dir doch nicht böse.« Frau Anna schluchzte auf und umschlang Babette.

Bomberling aber kehrte um, eilig, wie auf der Flucht vor einer Springflut, drehte er allen Tränen den Rücken und lief hinaus.

Mit großen Schritten wanderte er auf und ab. Von Napoleon bis zur Uhr, von der Uhr bis zu Napoleon, ohne im geringsten auf das appetitliche Bild zu achten, das zwischen ihnen hing.

Seine Gedanken erhitzten ihn. Gern wäre er in Hemdärmeln herumgelaufen.

Eine Wut gegen das Vornehmtun überfiel ihn. Ein Vermögen verlangte dieser Klimperkastenfabrikant als Zugabe, daß er ihm sein Kind aus dem Hause stehlen durfte. Aber die Särge, die es brachte, blieben eine Schande. Als er noch mit seinesgleichen verkehrte, hatte er sich vor keinem zu verstecken brauchen. Einfache Menschen wissen: wer lebt, muß sterben. Wer stirbt, braucht einen Sarg; denn wer kauft, muß zahlen. Aber die feinen Leute möchten das Leben ohne Tod. Sie lieben den Kredit.

Und nun sprangen Bomberlings Gedanken zu seinen Geldverlusten.

Er siedete jetzt. Er riß den Stehkragen ab. Wenn sich auch Anna darüber entsetzen würde. Er war hier Herr im Hause. Trotzdem griff er rasch wieder nach dem fortgeschleuderten Kragen, als jetzt Anna hereinkam, gefolgt von Babette.

Doch sie bemerkte gar nicht, wie unordentlich er aussah. Sie hatte erfahren, daß Babette niemals heiraten würde, daß sie für die nächsten Jahre nichts weiter im Sinn hatte, als bei Paul zu lernen.

Als sie verlegen an Babettes Liebe für kleine Kinder erinnert hatte, hatte sie den Plan des Waisenhauses zu hören bekommen. Sie war entsetzt. Erschöpft und mutlos. Nun erfuhr Bomberling alles. Er hörte vor allem heraus, daß dies ein Aufschub sei. Das Mädchen blieb ihm, und die Sorge um die Mitgift war auch hinausgeschoben. Die Hoffnung war wieder da.

Er lächelte und gab Babette einen Kuß.

Babette wiederholte: »Seid mir nicht böse.« Dann ging sie zurück zu Pauls Büchern.

An diesem Abend kam der junge Herr Kippenbach nicht ...

Aber am andern Morgen saß der alte Herr Kippenbach wieder vor Bomberling.

Jede Tat läßt sich verschieden auslegen. Er sah in Babettes klarer Abweisung den Beweis dafür, daß Babette maßlos verliebt in seinen Sohn war.

»Sie ist ein Trotzköpfchen. Sie will es nicht eingestehen«, sagte er.

Und dann legte er eine Abschrift seines Hauptbuches vor und zeigte aufs neue, wie gut die Kinder zueinander paßten.

Er machte den Vorschlag, daß Bomberling die Kleine ein wenig auf Reisen schicken solle. Man täte das gern in solchem Fall. Reisen lehrt am besten, wohin man gehört.

Bomberling versprach nichts. Aber die Worte wirkten weiter.

Nicht, daß er dem Klavierfabrikanten einen Gefallen zu erweisen dachte. Er fürchtete nicht, daß Babette auf einer schönen Reise plötzlich Frau Kippenbach zu werden wünschte.

Aber auf Annas Gemüt konnte eine Reise heilsam wirken. Verordneten die Ärzte doch immer dergleichen.

Die Luft daheim war voll lauernder Unruhe.

Täglich wollte er es Anna sagen, daß man sich ein wenig einschränken sollte, um für ein Auto zu sparen. Diesen Vorwand hatte er unter langem Grübeln herausgefunden. Aber er war besorgt, daß er bei dem Hin und Wider der Rede die Wahrheit verraten würde. Unaufrichtigkeit gegen Anna war nicht seine Gewohnheit.

Nun wollte er mit allen ernsten Unterredungen warten, bis Anna wieder gesund war. Eine Reise konnte gut sein und gab ein Stück Vorsprung.

So kam es, daß, als Babette eines Mittags, nicht ohne Erregung, erzählte, daß Hilde Wegner als Begleiterin ihrer Tante nach Rom reisen wollte, Bomberling sie fragte, ob sie auch eine solche Reise machen möchte, zusammen mit der Mama.

Frau Bomberling erinnerte sich sofort an die Worte der Baronin. An alle Glücksmöglichkeiten des internationalen Lebens. Ihre Augen begannen zu glänzen.

Babette sprach erregt von Nero, von der Peterskirche und den Katakomben. Dann fiel ihr ein, daß dort im Frühling alle Blumen auf einmal blühten. Veilchen und Maiglöckchen, Flieder und Rosen. Und jetzt wurde es dort Frühling. Sie schwatzte erregt.

Ein Wunsch nach Ausruhen kam bei ihren Worten über Bomberling. Nach Rechnungslosigkeit. Seine Augen sahen weit ins Leere.

Dann kehrten die Blicke zurück zu den beiden blonden Frauenköpfen. Frau Anna sprach schon von einem entzückenden Reisekostüm.

So wurde die Reise eine beschlossene Sache.

Den Unterricht bei Paul gedachte Babette brieflich fortzusetzen.

Die Vorfreude an der Reise aber wurde Mutter und Tochter ein wenig geschmälert.

Frau Bomberling hatte noch nie die Grenzen des deutschen Reiches überschritten.

Ihr bangte davor. Tante Helene, die eine solche Reise für ihr Leben gern einmal gemacht hätte, schürte alle Befürchtungen. Sie war der Ansicht, daß man nur im Vaterlande sicher sei. Sie erzählte von Leichen in Koffern. Von abgeschnittenen Händen im Gepäcknetz. Von zugedrückten Gurgeln in langen Tunneln.

Frau Bomberling wußte plötzlich nicht mehr, warum sie ihr friedliches Heim, mit den Sicherheitsketten an beiden Türen, verlassen wollte. Bis ihr wieder die internationalen Bekanntschaften einfielen. Russische Fürsten und englische Lords.

Tante Helene würde einen schönen Knicks machen müssen, wenn Babette als Braut eines Fürsten zurückkehrte.

Lächelnd unterbrach Frau Bomberling daher die grausigen Schilderungen ihrer Schwägerin und sagte:

»Aber ein herrlicher Frühling ist dort unten. Das wird niemand leugnen können.«

Tante Helene stieß mit ihren spitzen Schultern zwei Löcher in die Luft und antwortete, daß sie dies viele Getu mit dem Frühling lächerlich finde. In fünf Monaten sei doch wieder Winter.

Aber ganz und gar konnte sie Frau Bomberling die Reise doch nicht verleiden. Dazu waren die Reisekleider für Frau Anna und Babette zu wohl und kleidsam geraten.

Babettes Freude auf die Reise aber hemmte Paul. Er hatte erklärt, daß ein brieflicher Unterricht nicht möglich sei.

Außerdem wollte er nicht mehr glauben, daß Babette niemals heiraten würde. Auf der Reise würde sie sich verlieben. In den ersten besten.

Dieses Mißtrauen beleidigte Babette aufs höchste. Sie wandte Paul den Rücken und kam in den letzten Tagen vor der Abreise nicht mehr zum Unterricht.

Paul schien sie nicht zu vermissen. Aber als man auf dem Bahnhof war und der Zug jeden Augenblick abfahren konnte, stand Paul plötzlich zwischen Bomberling und Hermann vor der noch geöffneten Wagentür.

Er brachte einen Strauß Rosen für Frau Anna und ein kleines Bündel Vergißmeinnicht für Babette.

»Ich wollte nicht unhöflich gegen deine Mutter sein«, sagte Paul, als er Babette die Blumen gab.

»Mama scheint dich gar nicht vermißt zu haben«, antwortete Babette und warf die Blumen zu dem andern Gepäck.

Die Lokomotive pfiff.

Bomberling sagte zu Babette: »Paß gut auf Mama auf.«

Das war ein Scherz, über den alle rasch lachten.

»Amüsiert euch«, rief Hermann laut.

»Auf Wiedersehen«, sagte Paul leise, aber Babette beugte sich vor, um den Vater anzulächeln.

Die Räder begannen sich zu drehen. Ein starres Lächeln kam auf die Gesichter. Immer rascher rutschte der Bahnhof an dem Zuge vorbei und fort ...

Als draußen kahle Wiesen vorüberflogen, suchte Babette nach dem Bündelchen Vergißmeinnicht, sie richtete die gebeugten Blüten behutsam auf und steckte sie in den Ausschnitt ihres Kleides.

Frau Anna lehnte sich zurück und musterte ihr Handgepäck. Es sah vornehm aus. Zwischen den neuen Ledertaschen schien der Korb zu schweben, den Babette dem jungen Herrn Kippenbach gegeben hatte. Ihr Stolz verstärkte sich.

Sie horchte, ob die beiden Damen, mit denen sie das Kupee teilten, etwas über Babettes Schönheit bemerkten. Erfreut stellte sie fest, daß sie nichts von ihren Worten verstand. Es waren Ausländerinnen. Man merkte, daß man ins internationale Leben fuhr.

Befriedigt lehnte sie sich noch weiter zurück. Lächelnd blickte sie in die Welt hinaus, die draußen vorübertanzte.

Mit den Rädern rollten die Stunden. Es begann zu dunkeln. Man fuhr schon quer durch die schwarze Nacht. Nur selten blitzte ein Bündel Lichter auf. Dann sah man Häuser neben Häusern stehen. Und, wo die Fenster erleuchtet waren, Bett neben Bett. Die Welt war überall gleich.

Frau Anna wurde schläfrig, sie war zufrieden, daß man endlich die Stadt erreichte, wo man den Schlafwagen anhängte. Als sie sich auf dem schmalen, zitternden Bett ausstreckte, erinnerte sie sich, daß Bomberling jetzt allein in dem großen Eßzimmer saß. In dem friedlichen, unbeweglichen Raum. Zugleich sah sie durch einen Spalt der Gardine, daß die Lichter des jagenden Zuges über schroffe Berghänge zuckten. Sie schauerte zusammen. Eigentlich war es nicht zu begreifen, warum Babette den liebenswürdigen Herrn Kippenbach abgewiesen hatte. Wie gemütlich könnte man jetzt beieinander sitzen.

»Schläfst du, Babette?« fragte sie.

In dem oberen Bett rührte sich nichts.

»Kinderschlaf«, murmelte Frau Anna lächelnd.

Die Räder surrten ein Schlaflied. Sie schlummerte ein.

Kaum, daß ihr regelmäßiger Atem dies verriet, regte es sich über ihr. Babette setzte sich auf, zog leise die Gardine fort und starrte in die Nacht hinaus.

Eine matte Mondhelle zeigte den Weg. Gießbäche tobten schäumend nieder. Schwarze Tannen ächzten. Das Dach einer Hütte, im Fluge wieder verschwunden, verriet, daß sich auch hier Menschen vor der Nacht verkrochen. Auf hellen Bergzacken glitzerten Eiskronen. Weite Wiesen schliefen furchtlos mit ihren Blumen unter den Sternen.

Aus Babettes Augen tropften Tränen.

Weiter rannte der Zug durch die Nacht. Dem südlichen Morgen zu. Aber als die Sonne heraufzog, war auch Babette eingeschlafen.

Weder Mutter noch Tochter spürten, daß die fleißigen Räder stillstanden. Daß man vor den verhangenen Türen nicht mehr die Sprache sprach, mit der sich Bomberlings verständlich machten.

Sie hörten nicht einmal, daß es klopfte.

Langsam drehte sich ein Schlüssel im Schloß.

Die Tür wurde geöffnet.

Frau Anna erwachte und schrie gellend: »Hilfe, Mörder, Hilfe!«

Tante Helene fiel ihr ein und alle Leichen im Koffer.

Der Mann, der mit dem Schaffner hereinkam, lächelte, sagte einige freundliche Worte und zeichnete auf jede Handtasche ein Kreuz aus Kreide. So wie es der Hirt in Frau Bomberlings Heimatsdorf mit den Schafen tat, die geschlachtet werden sollten. Dann war der Mann verschwunden. Der Zug begann weiterzurollen. Frau Bomberling war über der Grenze.

Babette hatte ruhig weitergeschlafen.

»Es war ganz einfach«, erzählte ihr Frau Bomberling, als sie im Speisewagen eine Tasse kräftigenden Kaffee getrunken hatten. »Aber es ist gut, daß es vorbei ist.«

Vor den breiten Fenstern lagen sanfte Wiesen. Frühlingsblumen saugten Sonnenschein.

»Der Himmel ist viel blauer als Pauls Vergißmeinnicht«, sagte Babette und warf die welken Blumen zum Fenster hinaus ...

Auf einem der lebhaften Bahnhöfe stieg ein Herr ins Kupee, gerade als die Räder wieder an die Arbeit gingen. Er stolperte, trat auf Frau Annas neue Stiefel und fiel über ihre Knie hinweg auf den Nebensitz. Hier zog er den Hut und murmelte Conte Spina-Spontelli.

Aber Bekanntschaften, die uns zu leicht gemacht werden, schätzt man nicht.

Frau Anna würdigte den Fremden keines Blickes, sah streng auf ihren Stiefel, der quer über der Nase eine Schramme erhalten hatte, um die ihn Hermann und jeder andere Student beneidet hätte.

Erst kurz vor Rom erinnerte sie sich, daß der Fremde das Wort Conte gemurmelt hatte. Im Flüsterton fragte sie Babette, ob nicht Conte auf deutsch Graf bedeute. Diese nickte.

Nun sah Frau Anna vorsichtig zu dem Fremden hinüber. Er lächelte sofort. Liebenswürdig fragte er etwas in französischer Sprache.

Da Babette nichts zu hören schien, sagte Frau Bomberling, mit ihrem Finger auf ihre Brust deutend: »Nur Deutsch.«

Der Herr fragte nun in deutscher Sprache, ob die blonden Damen Schwestern wären.

Frau Anna fühlte, daß dies ein Mann von echtem Adel war. Errötend erklärte sie ihm, daß Babette ihre Tochter sei.

Diese las Mommsens Römische Geschichte. Sie sah nicht auf. Sie wollte Paul von Anfang an beweisen, daß die Frauen von heute Wort hielten.

Als Frau Anna erzählt hatte, wo sie Wohnung nehmen würden, zeigte es sich, daß der Conte dieselbe Pension als Ziel hatte.

Frau Bomberling lächelte erfreut. Wie leicht man auf einer Fernfahrt in feine Kreise kam. Hier gab es keine Unterschiede des Standes. Hier galten Billette. Erster, zweiter oder dritter Klasse.

Bomberlings aber reisten erster.

So kam es, daß Frau Bomberling, einen echten Conte mit Doppelnamen an der Seite, in Rom einfuhr.

Babette fühlte nur das schwere, heiße Gold der Sonnenstrahlen. Blütenduft und Brunnenrauschen, Glokkengeläut und die erregende Melodie der fremden Sprache drangen auf sie ein. Ihre blanken Augen hingen an dem tiefblauen Himmelsstreifen, der die Dächer zusammenband.

Frau Bomberling blickte sich neugierig um.

»Da haben sie gleich am Bahnhof eine Ruine aufgebaut«, sagte sie und zeigte mit dem Schirm auf die gewaltigen Thermenmauern, hinter denen sich der Kaiser Diokletian vor siebzehn Jahrhunderten dem Wohlgefühl des Bades hingegeben hatte.

Conte Spina-Spontelli lächelte und sagte, daß diese Ruinen nicht von gestern wären.

Frau Bomberling warf den Kopf zurück und erwiderte, daß sie das niemals angenommen hätte. Sie wisse wohl, daß Rom die ewige Fremdenstadt sei ...

Frau Bomberling befand sich auf fremdem Boden. Das spürte sie deutlicher von Stunde zu Stunde. Nicht nur, wenn sie mit den ordnungsliebenden Augen der Hausfrau auf das Durcheinander des Forum Romanum starrte, oder im Kolosseum erfuhr, daß man hier Spaß daran gefunden hatte, lebendige Menschen vor hungrige Löwen zu werfen. Nicht wie heutzutage auf dem Film, sondern in wirklicher Wirklichkeit.

Mehr als bei all diesen Sonderlichkeiten merkte sie es bei den Mahlzeiten, daß sie weit fort von ihrem Bomberling war. Trotzdem man hier Deutsch sprach.

Seit über zwanzig Jahren war sie gewohnt gewesen, bei Tisch zu schwatzen, was ihr in den Sinn kam, und Bomberling hatte schön gefunden, was seine Anna erzählte.

Hier wagte sie nicht mehr den Mund zu öffnen. Was sie sagte, schien falsch zu sein.

Babettens Platz war am anderen Ende des Tisches. Neben Hilde Wegner, durch die sie in diese feine Pension gekommen waren.

Frau Bomberling aber gegenüber saß Hildes Tante. Die vornehme Frau Rittergutsbesitzer, mit der man sich durch ein schwarzes Hörrohr verständigte. Und rings um sie herum plauderten andere Leute von Rang und Titel. Mit spitzen Mündern, die alles wußten, die auch im Traum kein Fremdwort mehr verwechseln würden.

Die Frau Rittergutsbesitzer redete von den regierenden Fürsten wie von Blutsverwandten.

»Hoffentlich erholt sich Wilhelm auf seiner Nordlandsreise«, sagte sie.

Und meinte damit den deutschen Kaiser.

Wenn Lachs gereicht wurde, sagte sie: »Das war einmal Eduards Lieblingsspeise.« Und meinte damit den verstorbenen König von England.

Als sich aber auch Frau Bomberling weltgewandt zeigen wollte und durch das Hörrohr mitteilte, daß Augusta in ein Stahlbad reisen werde, wies die Gnädigste das Hörrohr entrüstet zurück vom tauben Ohr und rief: »Sie wollen wohl sagen: Ihre Majestät, die deutsche Kaiserin.«

Eines schickt sich nicht für alle.

Aber was waren die vielen regierenden Fürsten von Hildes Tante gegen all die römischen Kaiser, von denen die anderen Tischgenossen sprachen. Vertraut und geläufig wie von Vereinsbrüdern.

Frau Bomberling fühlte, daß sie die vielen Namen niemals auseinanderhalten würde. Und wenn sie auch nie wieder in ihr feines, sauberes Heim zurückkehren durfte. Selbst auf den Gipsbüsten, die hier alle aus echtem Marmor waren, konnte sie diese Kaiser nicht unterscheiden. Alle hatten dieselben wulstigen Lippen und geringelten Haare.

Nur ein Name war ihr geläufig. Das war Nero. Denn so hatte des Nachtwächters Hund in ihrem und Bomberlings Heimatsdorf geheißen.

Mit Freude hatte sie heute eine Kinderbüste dieses Nero betrachtet. Ganz, wie es Hermann als Fünfjähriger getan, wenn man ihm ein Äpfelchen zeigte. Daher glaubte sie ein Wörtchen mitsprechen zu können, als man sich bei der Nachspeise fürchterliche Greueltaten dieses Nero erzählte.

»Wie dem auch sei«, schaltete sie ein, »er muß ein reizendes Kind gewesen sein.«

Aber auch nach dieser Einwendung zeigte sich auf den fremden Gesichtern das Lächeln, das jetzt jede ihrer Bemerkungen hervorbrachte. Seit sie gedacht hatte, daß das Kolosseum ein antiker Kinematograph gewesen sei.

Alles zu sehen war schwer, aber alles sich zu merken war noch schwieriger.

Eine furchtbare Anstrengung war diese Reise. Von morgens bis abends lief man in kleinen Trupps umher, um immer wieder andere zerbrochene Figuren anzustaunen. Selbst die wenigen jungen Herren, die dabei waren, hatten nur Augen für dieses Gerümpel statt für Babette, die mit jedem Tage schöner wurde. Ohne daß es Sinn hatte: denn auch der Conte zeigte sich nur bei den Mahlzeiten. Er sagte, daß er Rom kenne wie seine eigene Tasche. Er hätte auch sagen können, so gut wie die Taschen anderer. Aber das sollte Frau Bomberling erst später erfahren.

Es war begreiflich, daß Frau Bomberling bei diesem steten Umherlaufen unter der heißen Sonne mit immer größerer Milde an Babettes abgewiesenen Freier, den jungen Herrn Kippenbach, und seine Klavierfabrik dachte. War nicht Musik die Quelle aller Freuden?

Sie standen vor dem Apollo von Belvedere, den die Frau Rittergutsbesitzer als Urbild männlicher Schönheit pries.

Der Genuß an einem Bilde ist verschieden.

Frau Bomberling sagte: »Ich weiß nicht, der junge Herr Kippenbach gefällt mir besser. Wir könnten ihm wenigstens eine Ansichtspostkarte schicken.«

Sie steuerte das Lorgnon nach rechts und suchte Babette. Aber diese stand gar nicht neben ihr, sondern ein Stück davon, ganz im Anschauen versunken ...

Aber es gab auch Marmorbilder, die auf Frau Bomberling tiefen Eindruck machten.

In einer Nische der Peterskirche sah sie sich plötzlich einer Maria gegenüber, die den toten Christus auf den Knien hielt. Sie starrte lange auf Mutter und Sohn. Sie mußte an den Neujahrsmorgen denken, an dem Hermann nicht heimgekommen war. Heiße Tränen rannen aus ihren Augen. Obwohl sie nicht wußte, daß es ein Meisterwerk Michelangelos war. –

Vor der Gruppe des Laokoon packte sie banges Grauen. Der bärtige Mann, der sich vergebens bemühte, den gräßlichen Schlangen zu entrinnen, hatte Ähnlichkeit mit Bomberling. Voll Angst und Schrecken starrte sie auf die Gruppe, während die Frau Rittergutsbesitzer ihr leise zuflüsterte, daß dies etwas ganz besonders Schönes wäre.

Als sie wieder in ihrem Zimmer war, heiß und erschöpft, las sie in dem Reiseführer nach, was über diesen Schlangenmann erklärt war.

Einer von den vielen Göttern, die es früher gegeben haben sollte, hatte ihm und seinen jungen Söhnen diese Schlangen auf den Hals geschickt. Aus reiner Rache.

Sie bangte sich nach Bomberling, der so allein war.

Und als sie sich zur Mittagsruhe ausstreckte, war es ihr eine rechte Beruhigung, daß man heutigentags nur einen Gott hatte.

Und Schlangen nur in den fernsten wilden Ländern.

Wenn die Mutter schlummerte, schrieb Babette ihre Reiseeindrücke nieder. Und zwar für Paul. Mit einigen Ansichtskarten war man einander wieder näher gekommen. Man wechselte jetzt täglich einen Brief.

Paul wußte unter den Denkmälern der Kunst Bescheid, wie wenn er in Rom geboren wäre. Seine Briefe waren ausführliche Wegweiser. Babette fühlte aus ihnen die Sehnsucht heraus, die ihr Freund nach dieser Stadt der Wunder hatte. Daher kam es, daß sie bei allem Schönen, das sie sah, an Paul denken mußte.

Nach dem Besuch der Sixtinischen Kapelle hatte sie ihn gefragt, ob er etwas über Michelangelos Mutter wisse? Es müsse ein unermeßliches Glück sein, einen solchen Mann der Welt geschenkt zu haben. Aber dazu müsse man wohl selbst erst etwas Bedeutendes werden.

Heute hatte Paul geantwortet. Er glaubte, daß ganz einfache Menschen bedeutende Kinder haben können. Wenn nur ihre heimlichen Wünsche nicht niedrig, sondern groß und herrlich wären. Denn Kinder seien die lebendig gewordene Sehnsucht der Eltern.

Er für seinen Teil könnte es sich zum Beispiel denken, daß sein Sohn die große Gabe des künstlerischen Könnens, um die er selbst vergebens gefleht hätte, schon fix und fertig mitbringen könnte auf diese Welt.

Und dann entschuldigte er sich, daß er so ausführlich geworden sei über ein Thema, das Babette, die niemals heiraten werde, nur rein theoretisch interessieren könne.

Babette aber hatte diesen Brief mehrmals gelesen. Er hatte ihre heiter angeregten Gedanken ganz in Unordnung gebracht.

Daß Paul für seine Person an Liebe und Ehe und gar Kinder denken konnte, war ihr nie in den Sinn gekommen. Sie hatte ihn dazu für viel zu feinfühlig gehalten.

Jetzt argwöhnte sie, daß er heimlich verlobt sei.

Sie holte seine früheren Briefe hervor und setzte sich damit an das Fenster, das ihr einen breiten Blick auf die ernste Campagna gab.

Richtig. In jedem Brief fand sich eine Bemerkung über Liebe und Zusammengehörigkeit. Es war klar. Er liebte jemanden.

Babette sah ein, daß es ihre Freundespflicht erfordere, Paul auf die Gefahren einer Ehe aufmerksam zu machen und ihn zu verhindern, ein simpler Familienpapa zu werden. Dazu war er zu schade.

Ein ehrlicher Ärger über die Heiratslustigkeit der jungen Mädchen stieg in ihr auf. Sie verschob einstweilen die Beantwortung dieses wichtigen Briefes. Statt dessen schrieb sie in ihr Tagebuch mit kräftigen Buchstaben: »Das Los der Einsamkeit ist mir bestimmt.«

Als sie den schön klingenden Satz noch einmal überlesen wollte, klopfte es an der Tür.

Das Zimmermädchen meldete, daß ein Bekannter der Damen Bomberling angekommen sei.

Neugierig betrat Babette das Empfangszimmer der Pension. Da stand Christian Sebold in seiner schönsten bunten Weste und packte ihre kleine Hand zu freudiger Begrüßung.

Durch Tante Helene hatte Christian Sebold erfahren, daß Babette einen Korb ausgeteilt hatte. Also war ihr Herz nicht mehr frei. Tante Helene hatte dies sehr verwundert, denn Babette kannte außer jenem jungen Mann niemanden anders als Herrn Sebold.

Christian hatte seinen dicken Schnurrbart hochgebürstet und sich gesagt, zwischen Bologna und Neapel, zwischen der Mortadella und der Salamiwurst liegt Rom. Er hatte eine kleine Geschäftsreise unternommen. Nun war er da.

Frau Bomberling wurde geweckt. Sie war sehr gerührt, als sie hier in der Fremde jemanden sah, der Bomberling kannte und Tante Helene und ihr ganzes Zuhaus.

Voll Herzlichkeit drückte sie Sebolds gewaltige Hände. Am liebsten hätte sie gleich ja gesagt: denn was sonst konnte den braven jungen Menschen so weit in die Ferne geführt haben.

Sebold gedachte drei Tage in Rom zu bleiben. Er wußte genau, was er sich ansehen wollte.

Erstens die Büffelhorden in der Campagna. Zweitens die schauerlichen Christengräber unter der Erde. Drittens ein richtiges italienisches Varietee.

Gleich jetzt am Nachmittag wollte er einige der Katakomben sehen. Möglichst solche, wo es auch noch Skelette gab.

Als er beim Tee die Bekanntschaft mit Hilde Wegner erneuerte und ihrer Tante, der Frau Rittergutsbesitzer, vorgestellt wurde, forderte er auch diese beiden Damen auf, an der Spazierfahrt teilzunehmen.

Als man die Via appia zurückfuhr, sagte die Frau Rittergutsbesitzer traurig: »Wie gern fuhr Lätitia hier um diese Stunde.« Und meinte damit die vor dreiviertel Jahrhunderten gestorbene Mutter Napoleons.

Christian Sebolds Blicke folgten einem fliehenden Büffel. Er schätzte laut die Kilo Wurst ab, die ein solches Stück Vieh hergeben würde.

Frau Bomberling sah beunruhigt zu der Frau Rittergutsbesitzer hinüber. Sie fürchtete, daß dieses derbe Thema die feine Dame beleidigen könne.

Aber die gnädige Dame behielt den Hörer am Ohr und lächelte, wie wenn sie etwas ganz besonders Reizendes erfahren habe. Denn dieser Herr Sebold kam ihr sehr gelegen.

Heute früh hatte man ihr geschrieben, daß Hildes Bruder Fritz seinen Abschied erhalten habe und fort nach Amerika sei. Ohne Geld und Ehre, aber mit einer Konfektionöse.

Damit war der armen Hilde eine standesgemäße Heirat einstweilen verschlossen. Man mußte froh sein, wenn man sie überhaupt noch unter die Haube brachte.

Dieser Wurstfabrikant hatte Vermögen, das heutzutage beinahe praktischer war als Ahnen. Man selbst aber hatte Beziehungen. Man würde ihn einfach Kommerzienrat werden lassen.

Und wieder zu Herrn Sebold hinüberlächelnd, sagte sie: »Auch Georg interessiert sich außerordentlich für Viehzucht.«

Und meinte damit den König von Sachsen.

Christian Sebold schmeichelte es ungeheuer, mit den höchsten Herrschaften in so enge Beziehungen gebracht zu werden.

Hilde Wegner gefiel ihm stündlich besser.

Er wünschte auch, ihr zu gefallen. Auf eine Mitgift konnte er verzichten. Wenn er dafür zur Familie jener feinen Leute gehören sollte, denen seine Mutter noch niedrige Dienste hatte leisten müssen.

Aus deren Küchen er als Kind heißhungrig die Überbleibsel verschlungen hatte.

Er verlängerte seinen Aufenthalt. Man machte Ausflüge. Es wurde von Tag zu Tag besser.

Frau Bomberling litt sehr unter der Hitze. Sie wäre gern heimgekehrt. Aber sie wollte nicht selbst einen Strich durch ihre Hoffnungen machen. Daß sich Christian Sebold viel mit Hilde beschäftigte, beunruhigte sie nicht. Begehrenswerter als Babette war niemand. Aber sie war sehr im Zweifel, ob der Herr Wurstfabrikant nicht seine weite Reise vergeblich gemacht haben würde; denn jetzt war auch der Conte mit dem schwer zu behaltenden Doppelnamen stets mit dabei. Und wo er war, tauchte auch stets ein anderer junger Mann auf, der sich Doktor Hilpert nannte.

Contessa Babette ... Frau Doktor Babette ...

Viele Stunden vergrübelte Frau Bomberling mit Plänen und Wortspielen, überlegte sich, was besser sei, was besser klänge.

Bomberling hatte schon mehrmals geschrieben, ob sie nicht zurückkehren wolle. Er fühle sich müde und fürchtete krank zu werden, ohne seine Anna bei sich zu haben. Frau Anna wurde das Herz schwer. Aber abreisen konnte sie nicht. Eine Woche wenigstens mußte noch hier geblieben werden.

Mutterliebe ist stärker als alles.

Babette hatte nun Paul den großen Freundschaftsdienst geleistet und ihn in einem langen Schreiben vor der Ehe gewarnt. Sie hatte ihn darauf aufmerksam gemacht, daß die meisten Mädchen in der Ehe dick und zänkisch würden, daß ein Ehemann überhaupt kein Mann mehr wäre.

Nachdem dieser Brief fortgeschickt war, wurde ihr wieder fröhlich zumut. Erfüllte Pflichten machen Freude.

Hilde Wegner dagegen lief mit verweinten Augen umher. Sie hatte den schlimmen Streich ihres Bruders erfahren. Als sie weinend Babette von diesem Unglück erzählte, begann auch Babette zu weinen.

Sie saßen vor dem chinesischen Schirm unter einigen Palmentöpfen in dem Salon der Pension, und Babette beichtete schluchzend der Freundin, welche böse Erfahrungen auch sie mit Leutnant Fritz erlebt hatte. Wie sie seinetwegen geschworen habe, nie mehr einem Manne zu trauen.

»Arme Babette«, sagte Hilde gerührt. »Aber du wirst mit jemand anderem um so glücklicher werden. Ich aber« – und sie weinte wieder – »ich werde mein ganzes Leben lang das fünfte Rad am Wagen sein müssen. Mit diesem Schandfleck auf der Familienehre bekomme ich nie mehr einen Mann.«

»Wetten, daß Sie doch einen bekommen?« sagte da eine kräftige Stimme hinter dem chinesischen Schirm, und gerührt über soviel Mädchenkummer stampfte Christian Sebold aus einem Versteck hervor. Ohne viel

Umstände zu machen, zog er die schmale Hilde an seine breite bunte Weste.

Niemals vorher hatte die Frau Rittergutsbesitzer mit so viel Liebenswürdigkeit und Gleichgestelltheit in Frau Bomberlings Gesicht gelächelt als in dem Augenblick, wo sie Frau Annas Glückwunsch entgegennahm.

Aber das war nur ein schlechter Trost für Frau Bomberling. Man hatte ihre Babette zurückgesetzt, das tat bitter weh.

In Ciceros Tusculum erklärte sie dem Conte wie dem jungen Herrn Doktor noch einmal ausführlich, wie ungeheuer groß die Fabrik ihres Gatten sei. Daß Babette daheim von Freiern umschwärmt sei wie hier die Blumen von Mücken und Fliegen.

Und nach der Rückkehr von diesem Ausflug sandte sie auf einer Ansichtskarte, wo ganz Rom zu sehen war, einen freundlichen Gruß an den jungen Herrn Kippenbach.

Am Abend aber nahm sie wieder einmal alle Kraft zusammen, um wenigstens einmal um das Zimmer zu kriechen. Sie hatte ihre Kur in letzter Zeit ein wenig vernachlässigt. Mit Schrecken war ihr das heute eingefallen, als der Conte sagte, daß es in seiner Familie keine Korpulenz gäbe. Denn feine Rassen setzten kein Fett an.

Atemlos lag die treue Mutter endlich im Bett.

Aber nach einer Weile zündete sie das Licht wieder an. Sie nahm das Reisehandbuch und versuchte die Namen der sieben römischen Hügel zu lernen: Avertin, Esquilin, Kapitol ...

Es war schwer. Aber auch der Doktor Hilpert war ein feingebildeter Mann. Er legte gewiß auf dergleichen Wissen Wert.

Babette wollte der Mutter noch einen Gutenachtkuß geben. Aber als sie an der Tür das Gemurmel der Lernenden vernahm, kehrte sie auf Zehenspitzen wieder um. Sie glaubte, die Mutter bete, und da wollte sie nicht stören.

»Avertin, Esquilin, Quirinal – « murmelte Frau Bomberling weiter.

Endlich löschte sie das Licht. Sie dachte, daß es doch viel einfacher gewesen wäre, wenn man dieses Rom auf flachem Felde erbaut hätte, wie so viele andere nette Städte. Der Name des siebenten Hügels war ihr schon wieder entfallen. Im Bemühen, ihn wiederzufinden, schlief sie ein.

Träume führen uns in fremdartige Gegenden. Doch hatte Frau Bomberling die Wirklichkeit noch nicht ganz vergessen, als sie erschreckt aus dem Schlummer fuhr. Es hatte sich etwas im Zimmer bewegt.

Im Schein des Nachtlichts sah sie den Grafen Spina-Spontelli aus der Tür hinter dem Schrank hervortreten.

»Sie sind es, Herr Graf?« fragte Frau Bomberling schlaftrunken, aber liebenswürdig. Und wunderte sich darüber, daß der Graf zu dieser wunderbaren Stunde um Babettens Hand zu bitten kam. Denn nicht im Traum hätte sie etwas anderes für möglich gehalten.

Da sah sie mit Entsetzen, daß der Conte einen Revolver aus der Tasche zog.

Im gleichen Augenblick aber trat aus der Schranknische ein anderer Mann hervor. Babettens zweiter Freier, der liebenswürdige Herr Doktor Hilpert. Ehe Frau Bomberling sich klar war, wen von beiden sie als Schwiegersohn vorziehen würde, hatte Doktor Hilpert dem Conte Spina-Spontelli den Revolver entwunden und seine beiden Hände gefesselt.

»Entschuldigen Sie die kleine Störung, morgen früh werden Sie alles erfahren«, sagte er mit einer Verbeugung gegen Frau Bomberlings Bett.

Dann waren beide Männer verschwunden.

Aber Frau Bomberling hatte nicht Zeit zu warten. Sie schrie und klingelte, bis die ganze Pension wach geworden war. Noch in der Nacht erfuhren alle die volle Wahrheit. Der Conte war ein gesuchter Hochstapler mit dem leicht auszusprechenden Namen Weber. In Doktor Hilpert aber hatte man einen geschickten Geheimpolizisten zum Nachbar gehabt. Ja, auf Reisen kann man was erleben.

Alle umringten Frau Bomberling und gratulierten ihr zu der glücklichen Errettung. Mit Tränen in den Augen empfing sie die vielen Freundlichkeiten.

Andre Ursachen, andre Glückwünsche.

Niemand ging in dieser Nacht wieder schlafen. Es wurde Tee gemacht, und allmählich entfaltete sich das Zusammensein zu einem kleinen Vergnügungsfest. Die Unterhaltung war von Anfang an angeregt. Jeder wußte eine besondre Anekdote über Hochstapler und Hoteldiebe zu erzählen.

Hilde Wegner schmiegte ihre schmalen Hände in Sebolds große Fäuste. Sie wußte nun, daß sie einen Beschützer auf dieser unsichern Erde habe.

Nur Frau Bomberling und Babette hatten nichts von dieser allgemeinen Freude. Sie packten. Mit dem ersten Morgenzug wollte Frau Bomberling fort. Hier hatte sie nichts mehr zu suchen. Das Telegramm an den guten Bomberling war schon geschrieben.

Der Morgen kam herauf. Es wurde hell.

Aber erst als man in der Bahn saß, wurde Frau Bomberling ruhiger. Als die Räder endlich anrückten, wurde sie von Rührung überwältigt. Das Gesicht im Taschentuch, schluchzte sie: »Selbst Napoleon wird sich verändert haben. In dieser langen, langen Zeit.«

Babettes Blicke suchten den hohen Schwung einer Kuppel, die in dem Glanz der Sonne weiter und weiter zurückblieb.

Bomberling saß im Büro und sichtete die Morgenpost.

Einige Telegramme, die er hastig geöffnet hatte, bestätigten ihm, was er längst fürchtete. Sein Lebenswerk war nicht mehr zu halten. Der europäische Friede blieb brüchig. Es gab keine Schuldbriefe und kein bares Geld, um über diese schwere Zeit hinwegzukommen.

Langsam öffnete er Frau Bomberlings letzten römischen Brief.

In allen diesen sorgenschweren Wochen hatte Anna nur von Dingen geschrieben, um die er sich nie im Leben gekümmert, die ihn noch keinen Gedanken gekostet hatten. Diese Briefe handelten alle von Badegelegenheiten alter römischer Kaiser, von Wasserleitungen, die zerbröckelt waren und seit Christi Geburt nicht mehr funktioniert hatten. Oder von lädierten Marmorfiguren.

Und leider auch stets von liebenswürdigen jungen Männern. Das heutige Schreiben war nicht anders als die frühern. Zuerst erzählte Anna von den herrlichen Badeanlagen eines Kaisers Hadrian, dann wurde neben dem italienischen Conte, der immer erwähnt wurde, ein scharmanter Doktor gerühmt.

Geheilt schien Anna noch nicht zu sein. –

Draußen klatschte der Regen nieder. Der Himmel war grau wie im Herbst. Es hätte längst Frühling sein müssen, aber in diesem Jahr war nichts, wie es sein sollte.

Mutlose Ermattung beschlich Bomberling. Nirgends sah er einen tröstlichen Schimmer. Nur die unerbittlichen Forderungen des unersättlichen Alltags standen vor ihm.

Anna und Babette würden als noch feinere Damen zurückkommen, als sie es schon bei der Abreise waren. Irgendein geschniegelter Fremder würde Babette aus dem Haus holen und Geld fordern. Das Geld, das nicht mehr da war. Und Hermann? Am Ende des Monats wird er wieder fröhlich eine neue kleine Schuldenlast gestehen, die der Vater bezahlen sollte. Dem Jungen sagen müssen: es ist alle? Annas furchtbaren Schrei hören, wenn sie erfahren würde, daß sie wieder daständen wie damals, als sie die Ehe begonnen? Er war nicht mehr jung genug dazu.

Langsam öffnete Bomberling den Schreibtisch. Er holte die Urkunde hervor, die sein Leben für eine hohe Summe versicherte. Es gab in diesen Zeiten manchen, der es verstand, den Seinen rechtzeitig diese einzige Rettung zu verschaffen.

Er begann die Bedingungen durchzulesen. Aber die Buchstaben setzten sich in Bewegung, drehten sich durcheinander. Wie durch einen Schlag empfand er plötzlich, was er niemals bisher bemerkt hatte. Das ganze große Gebäude, in dessen Mitte er saß, war mit wartenden Särgen angefüllt.

Ein wahnwitziges Verlangen nach Luft und Licht, nach der verlorenen Behaglichkeit, nach Annas blondem Haar, nach dem Lachen seiner Kinder preßte ihm die Kehle zusammen. Siedend schnellte das Blut in den schmerzenden Kopf, wo sich Zahlen auf Zahlen türmten, um sich zu Exempeln zu ballen, die nicht aufgehen wollten ...

Als der Buchhalter die Depesche brachte, worin Anna und Babette ihre baldige Ankunft meldeten, fand er Bomberling, schwer atmend, auf dem Boden liegend.

Als man den mageren Feldern ansah, daß die Großstadt nicht mehr fern sein konnte, kramte Frau Bomberling in ihrer Reisetasche. Sie wollte untersuchen, ob auch nichts zerbrochen sei an den hübschen Sachen, die sie ihrem guten Bomberling mitbrachte.

Zuerst wickelte sie eine kleine Marmorfigur aus. Es war die esquinische Venus im Salonformat. Bomberling sollte sie sich auf den Schreibtisch stellen. Wenn er sich auch nicht um Kunst kümmerte. Er würde zugeben müssen, wie anerkennenswert es sei, daß jemand den menschlichen Körper so richtig habe nachahmen können.

Ein zweites Paketchen enthielt einen kleinen Abguß der römischen Wölfin mit den säugenden Knaben Romulus und Remus. Eigentlich hatte sie beim Einkauf geglaubt, daß die Kinder ein Knabe und ein Mädchen wären. Denn sie dachte, die Wölfin stelle die Amme von Romeo und Julia vor.

Diese alten Geschichten verwechselte man immer wieder untereinander. Aber Bomberling würde sich auch so darüber freuen.

Sie konnte es gar nicht erwarten, all ihr neues Wissen vor ihm auszukramen und endlich wieder einmal alles von der Seele schwatzen zu können.

Der Zug stürmte in die Bahnhofshalle. Die Augen mit Tränen gefüllt, schwenkte Frau Bomberling ihr Taschentuch der schwarzen Menge entgegen, die dort wartend stand.

Endlich entdeckte man Paul im Gewühl.

Er hatte scharfe Falten um den Mund und versuchte vergeblich ein Lächeln aufzubringen. Er sagte, daß Bomberling an einer kleinen Erkältung leidend im Bett liege. Hermann sei bei ihm geblieben.

Babette dachte, daß Paul so ernst sei, weil sie ihm diesen strengen Brief über die Ehe geschrieben hatte. Beleidigt sah sie in das Durcheinander der lauten Straßen, durch das der Wagen ihrem Heim zueilte.

Frau Anna sprach freudig erregt von Kamillentee und Lakritzensyrup. Sie wollte ihren Bomberling bald kuriert haben. Nun war sie wieder da.

Aber als ihr an der Wohnungstür Hermann um den Hals fiel und laut wie ein Kind weinte, genau so wie damals, als ihm als Vierzehnjährigen sein Eichkätzchen gestorben war, da wußte sie, daß etwas Schlimmes geschehen sein mußte.

Sie rannte in das Schlafzimmer.

Unter dem Schutz des dicken vergoldeten Engels, den er selbst geschnitzt hatte, ruhte Bomberling mit geschlossenen Augen. Zahlen und Ziffern schoben sich über seine feuchten, bläulichen Lippen. Er rechnete und rechnete ...

Von einem Atemzug zum anderen hatte sich Frau Bomberlings Welt verändert.

Sie hatte vergessen, daß die Erde voll war von vornehmen oder begüterten Männern, aus denen man die Schwiegersöhne machte.

Sie fühlte es gar nicht, daß Tante Helene ihren knochigen Arm um sie legte und ihr tröstend erklärte, daß sich alle Menschen zu Tode arbeiten müßten, um leben zu können.

Sie war gar nicht geschmeichelt darüber, daß die Frau Rätin kam, ihr weinend das Du anbot und sie daran erinnerte, daß ihr Seliger fünfzehn Jahre auf seinem Lehrstuhl saß und doch aufstehen mußte, als der Allmächtige rief.

Es war ihr alles so gleichgültig wie die sieben schweren Namen der sieben römischen Hügel, die ihr auch wieder entfallen waren. Sie wollte nichts anderes, als daß Bomberling die Augen aufmachen sollte und Mäuschen sagen würde. Darauf wartete sie. Und sie wich weder Tag noch Nacht von seinem Bett.

Sie bemerkte es nicht, daß sich in Babettes weichem Gesicht haarscharfe Linien einzuzeichnen begannen.

Sie sah es nicht, daß Hermann wie ein hilfloser grosser Junge zwischen seinen Büchern saß, die Augen verschwollen. Sie wollte auch niemanden im Zimmer dulden. Die erwachsenen Kinder schienen ihr Fremde. Denn in der Öde der langen Stunden, wo sie Bomberlings wirres Haar, das dünn und grau geworden war, streichelnd beiseite schob, um die Eisumschläge zu erneuern, sah sie ihren August vor sich, wie er sie jung, mit blondem Haarschopf und mit lachenden Augen, zur Ehe holen kam. Was wußten die Kinder davon?

Während sie still neben dem mühsam Atmenden saß, sprangen ihre Gedanken weit zurück. Ein Peitschenknall draußen auf der Straße erinnerte sie so deutlich an den jungen Sommermorgen, wo sie auf dem Wagen saßen, hinter sich die bunten Kisten voll neuer Wäsche, vor sich die unbekannte Riesenstadt.

Das Weinen eines Kindes mahnte sie an die Nächte, wo Bomberling, leise pfeifend, den schreienden Hermann herumtrug, damit seine Anna schlummern konnte. Auch der große Tag fiel ihr ein, wo ihr August sie lachend in die Backen gekniffen hatte und sagte: »Nun gehören wir ins Vorderhaus. Vor unseren Kindern sollen sich einmal die feinsten Leute verbeugen!«

Sie hatte erst gedacht, daß er Spaß mache. Aber dann hatte sie vor Freude geweint.

Dumme, eitle Gans hatte er sie gescholten. Aber breit gelacht dabei und sie, so schwer sie war, auf den Arm gehoben und durchs Zimmer geschwenkt.

Und ein Lächeln um den Mund, erhob sie sich leise, um einen neuen Umschlag auf die glühende Stirn des alten Mannes zu legen.

Dann träumte sie weiter in dem schweigenden, verdunkelten Zimmer.

Sie erinnerte sich noch genau, wie sie viele ihrer alten Möbel unter die erfreuten Nachbarn verteilte, als man fortzog in die vornehmere Straße. Aber von da an klaffte eine Kluft vor den Erinnerungen. Es war, als wäre von nun an August nicht mehr dabei gewesen. Nur die Kinder waren da. Die Kinder.

Darum kehrten hier die Erinnerungen jedesmal wieder um. Man pflasterte die Straße vor der Haustür. Die schweren Schläge brachten sie zurück bis in die Schmiede.

So gingen die Stunden.

Eines Morgens, draußen vor den Fenstern lag Sonnenschein, schlug Bomberling die Augen auf und sagte mit schwerer Zunge: »Mäuschen?«

Dann war er wieder eingeschlafen. Aber sein Atem ging ruhiger.

Nicht lange darauf pochte Paul leise an die Tür des stillen Zimmers. Er bat Frau Bomberling um eine kurze Unterredung.

Es wäre da einiges zu unterschreiben.

Um den großen Eßtisch zwischen Babette und Hermann nahm sie Platz. Paul ging erregt auf und ab. Die ganze übrige Wohnung schien erstorben zu sein.

Frau Bomberling lächelte.

»Er hat die Augen aufgemacht und mich erkannt«, sagte sie. Ihr Lächeln vertiefte sich, die Kinder weinten.

»Die Sache ist nämlich die«, begann Paul. –

»Die Fabrik ist geschlossen. Es kann möglich sein, daß – daß – sehr viel Geld verloren wird. – Daß eure Verhältnisse eine – einschneidende Veränderung erfahren, liebste Tante.«

»Wie lange ich seine Augen nicht gesehen hatte. Sie waren eigentlich gar nicht verändert«, sagte Frau Anna, immer das gleiche Lächeln um den Mund.

Dann sah sie auf. Sie fühlte, daß man hier eine Antwort von ihr erwartete. Sie sagte: »Macht nur alles, wie ihr es für richtig haltet. Ihr seid ja klug und gebildet. Wenn Papa erst gesund ist, wird er schon wieder alles in Ordnung bringen ...«

Sie erhob sich.

»Vielleicht wacht er bald wieder auf. Da muß ich da sein.«

Auf Zehenspitzen ging sie hinaus. Lächelnd.

»Sie sieht uns gar nicht mehr an«, schluchzte Babette und warf sich über den Tisch.

»Wir verstehen wohl nicht, was es bedeutet, Mann und Frau zu sein«, sagte Paul langsam und sah fest auf Babette.

Da schlich sich Hermann leise hinaus und ließ die beiden allein.

Das Leben eilt vorwärts und wartet nicht. Wir müssen uns selbst bemühen, wenn wir noch ein Weile mitkommen wollen.

Bomberling hatte begriffen, daß Anna neben seinem Bett saß. Mit allen Kräften versuchte er, wieder ins Dasein zurückzukehren.

Täglich tappte er der Gesundheit ein wenig näher.

Er saß aufrecht im Bett, im Sessel neben ihm saß Anna. Auf einem Nachttisch stand die esquinische Venus neben der römischen Wölfin.

Eines Morgens lag ein Brief dazwischen. Es waren einige Zeilen von Hermann. Er sagte dem Vater, daß er sich keine Sorgen um ihn machen solle, er werde auf das Studium verzichten. Der Vater solle nichts weiter tun als gesund werden.

Diesen ganzen Tag zeigte er sich nicht am Krankenbett.

Bomberling hätte ihm gern gesagt, daß er es gar nicht gewußt habe, daß sich sein großer studierter Junge noch etwas aus ihm mache.

Aber nun versuchte er, mit den ersten unsicheren Schritten das Leben wieder einzuholen. Seine alte Energie half ihm dabei. Nicht lange, und er konnte schon bis zum Balkon schlürfen. Zwischen den Pelargonien und dem Vogelbauer saß er, starrte in den blauen Himmel oder sah auf Anna, die nähte.

Es war Mai. Napoleon schmetterte seine Lieder, wie wenn er sich auf einem Fliederbaum schaukelte.

Auch Frau Bomberling war wieder zum Leben erwacht.

»Ich wundere mich, daß sich der junge Herr Kippenbach nicht nach deinem Befinden erkundigt«, sagte sie.

»Nur nicht denken«, antwortete Bomberling und schloß die Augen. In Wirklichkeit aber rechnete er heimlich. Seit Tagen war er schon wieder bei dieser Arbeit. Er wußte, daß Paul bemüht war, die Firma zu retten. Er suchte eine Aktiengesellschaft zu gründen. Eine unbekannte Macht schien in dem Jungen Riesenkräfte wachgerufen zu haben ...

Eines Tages, als Frau Bomberling ausgegangen war, um die ersten Erdbeeren für ihren August zu erstehen, war er bei ihrer Rückkehr verschwunden. Ehe sie noch begreifen konnte, was geschehen war, klingelte das Telephon und Bomberlings ruhige Stimme sagte: »Sei unbesorgt, Mäuschen, ich bin in der Fabrik und arbeite mit Paul.«

»Was bist du für ein Mann«, rief Anna zurück. Aber Bomberling war schon wieder fort.

Erregt ging Frau Anna in der großen Wohnung umher. Jede halbe Stunde fragte sie in der Fabrik an, wie es Bomberling ginge.

Babette, die Paul in allen diesen Wochen im Büro geholfen hatte, antwortete der Mutter jedesmal geduldig und zärtlich, daß sich der Vater ausgezeichnet befände.

Ihre Stimme klang so froh und jung.

Frau Bomberling seufzte. Sie ging auf den Balkon und sah zu Kippenbachs Fenster hinüber. Vielleicht konnte man mit einem freundlichen Kopfnicken die alten Beziehungen ein wenig instandsetzen.

Aber alle Jalousien waren herunter, wie wenn selbst die Fenster beleidigt wären.

Frau Bomberling seufzte aufs neue, und als sie diesmal ans Telephon ging, rief sie kurz entschlossen die Nummer der Frau Baronin Pryczsbitzka-Ratzoska.

Die Baronin meldete sich sofort und sagte, daß sie mit großem Bedauern von dem vielseitigen Unglück erfahren habe.

Frau Bomberling erwiderte, daß sich in Rom ein italienischer Conte beinahe das Leben genommen, weil ihn Babette nicht habe erhören wollen.

Die Frau Baronin drückte von neuem ihr Beileid aus. Echte italienische Grafen wären eine gesuchte Marke. Sonst wäre jetzt stille Zeit. Die Reisesäson habe begonnen, und da versuche jeder sein Glück auf eigne Faust. Sie hätte nur noch den kleinen Rentier Prill auf Lager, der immer noch keine Hypothek auf sein fünfstöckiges Haus gefunden habe.

Frau Bomberling meinte, daß sie nichts dergleichen im Sinn gehabt hätte, sondern der lieben Bekannten nur einmal guten Tag hätte sagen wollen.

Die Frau Baronin von Pryczsbitzka-Ratzoska bedankte sich für diese Aufmerksamkeit und fügte hinzu, daß sie jetzt leider auch die kleinen Konferenzen durch den Fernsprecher berechnen müsse. Sie werde sich erlauben, eine kleine Nota zu schicken.

In größter Eile hing Frau Bomberling den Hörer zurück auf seinen Nickelhaken. Da hatte sie wieder etwas verschwendet, obgleich an allen Ecken und Enden gespart werden mußte.

Sie war recht niedergedrückt, als die anderen heimkehrten. Traurig blickte sie über Bomberling und Hermann, über Paul und Babette hinweg. Nirgends sah sie einen Schwiegersohn. Es konnte sie auch nicht erheitern, daß Tante Helene kam, um sich nach Bomberlings Befinden zu erkundigen und zu erzählen, daß Hilde Wegner und Sebold bald Hochzeit feiern werden.

Sie sagte: »Wenn manche manchmal wüßte, wie's manchmal kommt, würde manche manchmal weniger wählerisch sein.«

Frau Bomberling erwiderte, daß Babette unvergleichlich schöner sei als Hilde und tüchtig dazu.

Tante Helene sagte freundlich, daß man Frau Bomberlings Reden nicht übelnehmen dürfe. Auch die Eule fände ihre Jungen schön.

Und dann begann sie Paul zu loben.

Man hatte ihm den Direktorposten angeboten, wenn sich die Aktiengesellschaft verwirklichen sollte.

»Ja«, sagte sie, »wenn das mein Sohn wäre, dann würde ich stolz sein.«

Die Jahre machen vergeßlich. Tante Helene wußte nicht mehr, daß sie an dem Tage, als Paul jedem Familienmitglied als Erbe angeboten wurde, beleidigt verzichtet hatte. Sie hatte erklärt, daß sie sich testamentarisch keine Kinder verschreiben lasse. Wem Gott Nachkommen geben wolle, dem schenke er sie auf natürlichem Wege.

Sie hatte nicht Unrecht. Natur bleibt immer die größte Beglückerin. Aber heute erinnerte sie sich an nichts mehr von alledem, und niemand half ihrem Gedächtnis nach, denn Frau Bomberling war eingeschlafen. Die kummervollen Worte hatten sie widerstandslos gemacht. Ihr Kopf war zur Seite geneigt. Die sorgfältig gebaute Frisur hatte sich verschoben. Das Licht des Kronleuchters zeigte schonungslos die Silberstreifen zwischen dem Blondhaar ...

Einige Tage später, als sich Frau Bomberling gerade freute, daß sie beim Schlächter zehn Pfennige gespart hatte, wurde ihr ein kleiner Brief überbracht. Sie vermutete, daß es ein Wort des jungen Kippenbach war. Oder das heimliche Zeichen von irgendeinem, den Babettes Schönheit schwindlig gemacht hatte.

Aber es war die Rechnung der Frau Baronin: Eine Unterredung am Fernsprecher – zehn Mark.

Außerdem war ein verschlossener Briefumschlag beigefügt. Darauf stand: Wichtige Winke für die Sommersäson.

Es kostete ebenfalls zehn Mark, konnte aber uneröffnet dem Überbringer zurückgegeben werden.

Frau Bomberling zögerte. Dies verschlossene Papier erregte sie. Zehn Mark waren viel Geld, erhöhten die Rechnung auf zwanzig. Aber sollte man gerade an Babette sparen? An dem guten Kinde? Das treu und eifrig von morgens bis abend half?

Hastig zahlte sie dem Boten zwanzig Mark und behielt die wichtigen Winke.

Jedoch ehe sie den Brief hatte öffnen können, wurde die Wohnungstür aufgeschlossen und Bomberling kam zurück, begleitet von Paul und Babette. Zu ganz ungewohnter Zeit: denn es war noch lange nicht Abend.

Erschreckt steckte Frau Bomberling das Papier in die Tasche.

Aber auch die Ankommenden sahen aus, als hätten sie ein Geheimnis zwischen sich.

»Erlaube, daß ich dir Herrn Direktor Paul Bomberling vorstelle«, sagte August schmunzelnd und tappte sich in einen Lehnstuhl.

Auch Anna mußte sich setzen, als sie erfuhr, das die Fabrik weitergeführt wurde, mit Paul an der Spitze. Eine große Kunsttischlerei sollte entstehen. Das Sarglager würde nach und nach aufgegeben werden.

»Ich lauf davon«, sagte Babette, als es unangenehm still wurde im Zimmer, und rasch war sie hinaus.

Zum erstenmal seit ihrer Rückkehr hatte sie wieder Blumen im Arm. Maiglöckchen und Anemonen.

»Siehst du«, sagte Bomberling zu Anna, »nun hast du doch wenigstens einen Neffen mit einem Titel.«

Frau Bomberling blickte auf und guckte zu Paul hinüber. Er trug einen schwarzen Rock und sah feierlich verändert aus.

»Wer hätte das gedacht«, murmelte sie.

Bomberling sprach weiter.

»Das muß dich trösten, daß ich nichts weiter mehr sein werde als ein altes Stück Hausrat. Hermann wird trotzdem weiter studieren können. Nur die Babette wird uns im Wege sein und den Haushalt unnütz verteuern.«

Er blinzelte von Anna zu Paul.

Das sah Anna nicht. Ihre Augen waren dick voll Tränen.

Sie fand es schändlich von August, vor dem fein gewordenen Paul von Babette in dieser Art zu sprechen.

Feuerrot im Gesicht erklärte sie, daß sie den englischen Salon, die russischen Tassen und sonst noch allerhand verkaufen werde. Das gab eine Mitgift. Babette könne jeden Tag an jedem Finger einen Mann haben.

Auch die wichtigen Winke für die Sommersäson fielen ihr tröstend ein.

Aber auf einmal war Babette wieder im Zimmer und küßte sie ab. Paul sah noch feierlicher aus, und Bomberling schien wieder ganz rund vor Freude, und schließlich hatte sie begriffen, daß Babette längst einen Bräutigam hatte und daß es Paul war, den jeder jetzt »Herr Direktor« titulieren mußte.

Sie saß ganz stumm da, vornübergebeugt, ihre Gedanken schossen durcheinander.

Diese zwanzig Mark hätte sie sparen können, dachte sie als erstes, sogar die Reise nach Rom. Was würde Tante Helene sagen? Und die Rätin? Und richtig, im

Monat Mai war Babette Braut. Und ohne Särge. Kein Fremder holte sie weg. Paul hatte sie schon als Kind treu bewacht. Und sie selbst durfte wieder alles essen? Konnte ohne Gewissensbisse das Herumkriechen aufgeben?

Immer wilder purzelte alles in ihrem Kopf zusammen. Wie heißer Kaffee durchströmte sie die Freude.

Als Bomberling fragte, ob sie sich denn nicht freue, nickte sie schwer.

Sie richtete sich erst wieder auf, als Tante Helene ins Zimmer gestürzt kam und wissen wollte, ob es wahr sei, was sie von Onkel Albert erfahren hätte.

Sie tupfte sich die Stirn und schalt auf das widerlich heiße Maiwetter.

Frau Bomberling sagte langsam: »Siehst du, nun ist auch Paul mein Sohn. Und Babette wird eine Frau Direktor.«

Tante Helene tupfte sich weiter die Stirn und gratulierte. Und dann sagte sie, daß sie gerade in der Zeitung gelesen habe, daß keine moderne Mutter mehr Wert darauf lege, ob ihre Tochter einen Mann bekäme oder nicht. Darüber wäre man nun endlich hinaus. –

Doch das muß ein Irrtum gewesen sein. Es gibt nämlich keine modernen Mütter. Es gibt nur Mütter.

E n d e

Lovis Corinth:
Porträt der Schriftstellerin Alice Berend
1912

Nachwort

»Etwas Seltsames hat sich in der Frauenliteratur begeben: eine Humoristin ist uns gekommen«, wurde die Berliner Schriftstellerin Alice Berend bei Erscheinen ihres Buches *Frau Hempels Tochter* in den *Leipziger Neuesten Nachrichten* im Jahre 1913 gefeiert.

Die zeitgenössischen Kritiker waren sich, trotz zuweilen unterschiedlicher Wertung, darin einig, dass Alice Berend als Humoristin eine Sonderstellung einnähme. Immer wieder betonten sie, wie wenig humoristische Schriftsteller es gäbe und wie einzigartig dieser Fall unter den Schriftstellerinnen sei. In einer Rezension über den Roman *Der Glückspilz* (1919) heißt es sogar: »Soweit das Auge reicht, die einzige Frau mit Humor«.

Eins ist sicher: Alice Berends Witz hat auch mehr als achtzig Jahre nach Erscheinen ihrer Bücher nicht an Kraft verloren, wodurch ihre pointenreichen, ironischen Romane immer noch ungeheuer aktuell wirken.

Wer war die Humoristin Alice Berend? »Fast ist man froh, daß über das Leben dieser Frau so wenig bekannt ist, daß man sich nicht mit Daten plagen muß und all dem Drum und Dran, das nun einmal zu einer wohlanständigen Biographie gehört.« Als diese Worte im Jahre 1928 geschrieben werden, scheint es wenig Informationen über die Person Alice Berend gegeben zu haben. Ihre Bücher wie *Frau Hempels Tochter* (1913), *Die Bräutigame der Babette Bomberling* (1915) oder *Spreemann & Co.* (1916), die in hunderttausender Auflagen meist in Fischers Bibliothek zeitgenössischer Romane erschienen, waren dagegen dem breiten Publikum ein Begriff.

Heute ist die Erfolgsautorin Alice Berend weitgehend in Vergessenheit geraten, auch wenn unter dem Titel

Die Schwestern Berend inzwischen eine Doppelbiografie von Alice Berend und ihrer Schwester Charlotte Berend-Corinth vorliegt, bei der die Biografin Ursula El-Akramy jedoch auch immer wieder das Ungleichgewicht an Informationen zuungunsten der Schriftstellerin anmerkt. Immerhin wurde jedoch, angeregt durch die Wiederveröffentlichungen der drei Romane *Die Bräutigame der Babette Bomberling* (1998), *Der Herr Direktor* (1999) und »Dore Brandt« (2000), eine Straße in Berlin-Tiergarten nach der Schriftstellerin benannt.

Berends Szenerien sind durchweg bürgerlich. Ihre Protagonistinnen und Protagonisten sind Berliner Kleinbürger und der reich gewordene Mittelstand: Dienstmädchen, Stenotypistinnen, Portiersfrauen, Schuster, eigenbrötlerische Junggesellen und skurrile Bürokraten, Sargfabrikanten und Direktoren einer Glühlampenaktiengesellschaft oder die von Tuchhändlern zu Warenhausbesitzern aufgestiegene Familie Spreemann.

Thema ist immer wieder Berlin. In *Spreemann & Co.* schildert Alice Berend ihre Heimatstadt von der Zeit der Befreiungskriege bis zur Gründerzeit, in *Der Herr Direktor* aus dem Jahre 1928 das Berlin der zwanziger Jahre, in dem Sechstagerennen und schnelle Autofahrten modern sind. Auch in *Die Bräutigame der Babette Bomberling* ist Berlin die Hintergrundkulisse, doch genaue topographische Angaben sind in diesem Roman nicht zu finden.

Berends Stil ist rasant und pointenreich. Sprichwörter und schnoddrige Aphorismen durchziehen die Romankapitel. Wie es in einer zeitgenössischen Rezension hieß, erzählt Berend, alles Überflüssige weglassend, »in knappem Eilschritt, fest und sicher, die humorgewürzten Sätze mit ehrbaren Punkten nachdrücklich abgehackt«. Nicht nur die *Betrachtungen eines Spießbürgers* von 1924, sondern auch zahlreiche andere Romane Berends führen mitten ins behaglich-kitschige Spießermilieu, schildern Beispiele »prächtiger Philistrosität«.

Doch, wie Peter Härtling in seinem Nachwort zu *Spreemann & Co.* aus dem Jahre 1976 schreibt, gibt es bei Berend »keine Stilblüten, keine durch Sentimentalität aufgeweichten Sätze, keine falsche Gemütlichkeit. Die Sprache ist knapp, bleibt bei der Sache, der Person. Sie charakterisiert unmißverständlich und anschaulich.«

Berends Figuren sind, so Stephanie Feuchtwanger am 30.6.1928 in *Deutscher Volksstaat*, ein »kleines Raritätenkabinett liebevoll gezeichneter Eigenbrötler«. In einem mit »Selbstporträtliches« betitelten Artikel vom 28.6.1928 im *Hamburger Correspondent* gibt die Autorin Einblick in ihren Schreibprozess und in die Namensgebungen ihrer Figuren: »Aus unzähligen beobachteten Bewegungen, Mienen, Stimmnuancen, aufgefangenen Worten formen sich Wesen, die in unserem Dasein lebendig werden, um uns keine Ruhe mehr zu lassen. [...] Man weiß plötzlich, wie sie heißen. Sie könnten unmöglich einen anderen Namen tragen, als den, den wir für sie gefunden haben.« Babette Bomberling, Dore Brandt, Woldemar Bohlen oder Frau Hempel: Die von ihr gefundenen Namen prägen sich ein.

Zwar wurde Alice Berends 50. Geburtstag von der Presse im Jahre 1928 gewürdigt, weshalb auch das Geburtsjahr 1878 immer wieder genannt wird. Geboren ist sie jedoch drei Jahre früher, am 30. Juni 1875, in Berlin, als Tochter einer jüdischen Fabrikantenfamilie aus Hamburg. Das ist nicht nur den Informationen ihrer Nachkommen zu entnehmen, sondern auch den Lebensdaten auf ihrem Grabstein. Ihre Schwester, die Malerin

Charlotte Berend-Corinth (1880-1967), spricht in ihren Lebenserinnerungen ebenfalls von der um fünf Jahre älteren Schwester Alice – erwähnt diese allerdings ansonsten so gut wie gar nicht. Ursula El-Akramy thematisiert in ihrer Doppelbiografie das schwierige Verhältnis Charlottes zu ihrer älteren Schwester. Für letztere dürfte es jedoch auch nicht leicht gewesen sein, dass die Jüngere 1903 als erste heiratete – noch dazu den Maler Lovis Corinth, mit dem sich Alice ebenfalls gut verstand und dem wir Porträts seiner Schwägerin aus den Jahren 1912 und 1923 verdanken. Sie titulierte ihn »Meister«, er las ihre Bücher und schätzte ihren feinen Humor, wie Thomas Corinth in seiner 1979 erschienenen Dokumentation über seinen Vater Lovis Corinth schreibt.

Seit 1898 veröffentlichte Alice Berend Artikel über das Berliner Theaterleben im *Berliner Tageblatt*. Sie war befreundet mit Max Reinhardt, Christian Morgenstern und anderen Kollegen aus dem Umkreis des Kabaretts »Schall und Rauch«. Ihre erste Buchpublikation erschien 1901. Anfang 1900 hatte sich ihr Vater das Leben genommen, was nicht nur ein großer persönlicher Verlust war, sondern noch dazu mit dem Verlust des gesamten Vermögens einherging, da sich Ernst Berend an der Börse verspekuliert hatte.

1904 heiratete Alice Berend in London den schwedischen Journalisten John Jönsson, 1905 wurde ihr Sohn Nils Peter geboren, 1909 ihre Tochter Carlotta. Seit 1906 lebte Berend mit ihrer Familie in Italien, bis sie das Land beim Ausbruch des Ersten Weltkriegs verlassen mussten. Dort schrieb sie ihre meist in Berlin angesiedelten erfolgreichen Romane. Ermöglicht wurde der Italienaufenthalt durch einen langjährigen Vertrag mit dem Verleger Samuel Fischer, der die junge Autorin im Kreis um Max Reinhardt kennengelernt hatte.

Auch ihre Romanfigur Sebastian Wenzel lässt Berend nach Italien reisen. Im *Babette Bomberling*-Roman macht sie sich jedoch darüber lustig, dass die jungen Mädchen in Sprache und Kunstgeschichte Italiens unterwiesen werden, um »auf der Hochzeitsreise Vergnügen« zu haben. Die von Frau Bomberling mit ihrer Tochter unternommene Reise nach Rom dient weder dem Vergnügen noch der kunstgeschichtlichen Erbauung. Alleiniger Grund dieser furchtbaren Anstrengung ist für Mutter Bomberling die Suche nach einen Ehemann für Töchterchen Babette. Für die Kulturgüter hat sie dementsprechend wenig übrig und wundert sich vielmehr über die direkt am Bahnhof errichteten alten Ruinen, die sich als die Thermen des Diokletian entpuppen.

Berends eigener Italienaufenthalt wurde immer wieder von Reisen unterbrochen, die sie unter anderem nach Dänemark, Schweden, England und Holland führten. Nach 1914 verbrachte Berend wieder einige Jahre in Berlin, München, Oberstdorf im Allgäu und von 1921 bis 1924 in ihrem »Schreiberhäusle« in Konstanz. 1924 wurde die Ehe mit Jönsson geschieden. Nach längeren

Auslandsreisen ließen sich Berend und ihr neuer Lebensgefährte aus Konstanz, der um einiges jüngere Hans Breinlinger (1888–1963), den sie 1926 heiratete, mit den Kindern wieder in Berlin nieder. Die berühmte Schriftstellerin führte den unbekannten Maler in die Berliner Kunstszene ein und verhalf ihm unter anderem zur Aufnahme bei Gurlitt und bei Alfred Flechtheim.

Obwohl die junge Babette Bomberling durchaus Züge der »Neuen Frau« vorwegzunehmen scheint, wie sie uns vor allem seit den 1920er Jahren in zahlreichen Romanen von jüngeren Autorinnen wie Irmgard Keun, Vicki Baum oder Gabriele Tergit begegnen – die erfolgreiche Berufsschriftstellerin Alice Berend gehört noch zu einer anderen Frauengeneration.

Interessant sind jedoch ihre Ausführungen anlässlich eines Empfangs des Schriftstellerverbands für die französische Schriftstellerin Colette am 22.10.1929 in Berlin, veröffentlicht unter dem Titel »Die Frau von heute«: Alice Berend war aufgefordert worden, eine Ansprache für die berühmte Kollegin zu halten, weil es »doch besonders nett wäre, wenn eine Frau die andere begrüsse«. Dagegen protestierte sie in ihrer Rede vehement, da es bei einem Kunstwerk nicht darauf ankäme, »ob sein Schöpfer ein mehr oder weniger breitschultriger Herr ist oder eine mehr oder minder reizende Dame«. Niemand solle fürchten, dass sie »nun etwa von der Gleichberechtigung der Frau zu reden beginne«: »Das hiesse offene Türen einrennen wollen, denn wir sind uns doch alle einig, dass die Frau im täglichen Leben nicht mehr hinter dem Mann zurücksteht! Niemand wird daran zweifeln, dass selbst die zwölf Taten des Herkules auszuführen einer Frau von heute durchaus zuzutrauen wäre.« Alice Berend hatte sich wie auch

Colette ihren Platz im Literaturbetrieb erobert. Als acht Berliner Dichter und Dichterinnen Ende der zwanziger Jahre vom *Berliner Tageblatt* gebeten wurden, eine literarische Autobusfahrt zu unternehmen und darüber zu schreiben, war Berend die einzige Autorin – neben Kollegen wie Alfred Döblin, Arnold Zweig, Walter Mehring, Alfred Polgar oder Oskar Loerke. Alle sollten sich eine Strecke der Omnibuslinie vom Alexanderplatz bis zum Halensee auswählen und über ihre Eindrücke auf der Fahrt berichten. Diese »Dichterstafette« wurde am 1. Januar 1929 veröffentlicht. Alice Berend widmete sich der Mixtur aus Arm und Reich vor den Kaufpalästen am Tauentzien: »Der Kaufpalast blendet vom Dachfirst bis zum Keller. Knäul auf Knäul Kaufwütiger stürzt sich in den Glanz der Wohlfeilheit. Kinos kündigen erste Vorstellungen an. Halbe Pärchen warten auf ihre Vervollkommnung. Blinder und Hund appellieren schweigend an wettergeschützte Herzen.«

Auch bei der Vergabe des Literaturpreises für Nachwuchsautorinnen durch den Verband Deutscher Staatsbürgerinnen gehörte Alice Berend 1931 neben Alfred Döblin, Ina Seidel, der Frauenrechtlerin Gertrud Bäumer und dem Lektor Rudolf Kayser zur Jury.

Im selben Jahr zog Berend mit ihren Kindern und Hans Breinlinger in das neu gebaute Haus am Hochwildpfad 1 in Berlin-Zehlendorf, das sie sich von ihren Einkünften als Schriftstellerin erschrieben hatte. Wie zuvor auch in Konstanz wurde ihr Haus zum Treffpunkt von Kolleginnen und Kollegen aus Literatur und Bildender Kunst wie Elisabeth Castonier, Elisabeth Langgässer, Ilse Langner, Georg Hermann oder Max Pechstein.

Doch das Leben im eigenen Haus währte nicht lange. Von den Nationalsozialisten wurden 1933 die Werke der humoristischen Erfolgsautorin unter dem Namen Alice

Behrend auf die »Liste des unerwünschten und schädlichen Schrifttums« gesetzt und verbrannt.

Trotz jüdischen Familienhintergrunds war Alice Berend evangelisch getauft, ließ auch ihre Kinder taufen und konvertierte 1935 zum Katholizismus. Explizit jüdische Themen kommen in ihren Romanen dementsprechend kaum vor, doch interessanterweise schreibt sie in ihrer Ende 1933 geführten Korrespondenz mit dem Herausgeber der *Jüdischen Rundschau*, in der sie Reiseeindrücke aus Spanien veröffentlicht, über ihr Verhältnis zum Judentum: »Wohl habe ich gewußt, daß ich alles das, was ich sehe und wie ich es sehe, in dieser Weise nur auf Grund meines Judentums sehen und erleben kann, aber ich habe noch nie zergrübelt und zerspalten und ganz bewußte Erklärungen darüber abgegeben ... Ich habe es nie fertig bringen können, mich irgendeiner Bewegung anschließen zu können, die Vertreter der beiden jüdischen Lager haben stets so furchtbar viel und klug gesprochen, daß sie das, was sich in mir für ihre Idee dann auftat, oder vielleicht hätte auftun können, heruntergetreten haben. Doch eines ist sicher, daß ich stets ganz gefühlsmäßig und aus dem Blut sprechend, die armseligen Assimilationsbestrebungen nicht mitmachen konnte.«

Breinlinger ließ sich »unter dem Druck der damaligen Verhältnisse«, wie Ursula El-Akramy dessen Neffen Siegfried zitiert, 1933 von seiner Frau scheiden und behielt das Haus. 1935 emigrierte Berend mit ihrer Tochter Carlotta über die Schweiz nach Italien.

Elisabeth Castonier schrieb über Berends Aufenthaltsort in Florenz: »Als ich sie nach meiner Flucht aus Deutschland auf der Durchreise in Florenz besuchen wollte, war es schwer, sie aufzuspüren. Still, wie es ihr Wesen war, hatte sie sich in ein abgelegenes armseliges Bauernhaus an der Peripherie der Stadt zurückgezo-

Alice Berend in Italien

gen.« Am 2. April 1938 starb Alice Berend nach schwerer Krankheit mittellos und unbekannt in Florenz.

Der ebenfalls nach Italien emigrierte Lektor und Schriftsteller Max Krell, dem die Vorstellung nicht aus dem Kopf gegangen war, »diese schwere, männlich-robuste Frau mit dem empfindsam-zarten Gemüt aus dem Berliner Boden gerissen zu sehen, der ihre Welt war«, kam zu spät, um Alice Berend noch in Florenz besuchen zu können. In *Das alles gab es einmal* schrieb er, die Zimmerwirtin hätte auf seine Frage nach der neuen Adresse Berends nur kurz »Allori« geantwortet. Allori heißt der Friedhof in Florenz, auf dem Berend begraben wurde.

Britta Jürgs, Februar 2012

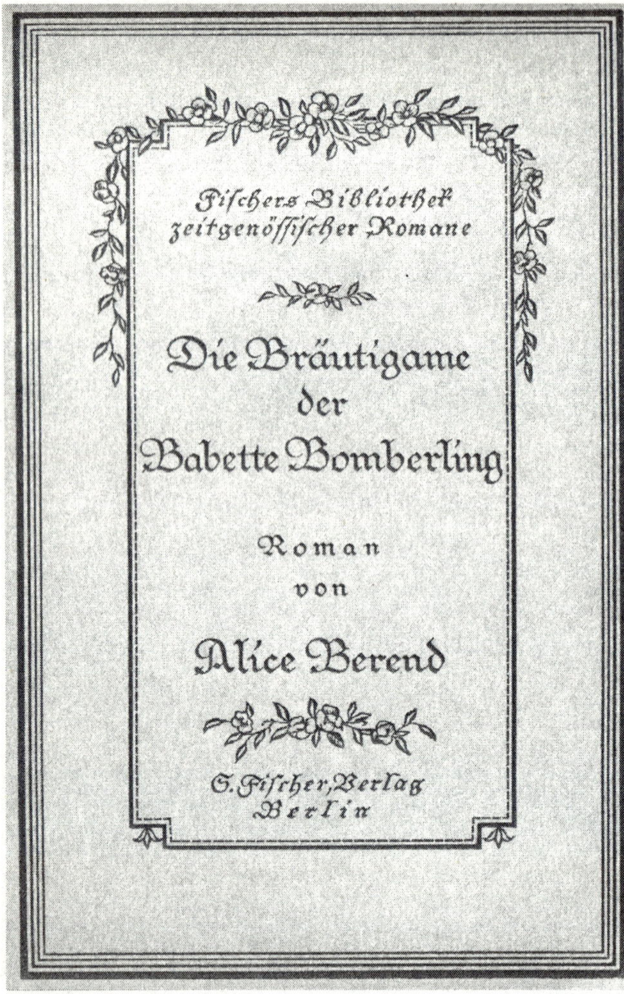
Fischers Bibliothek
zeitgenössischer Romane

Die Bräutigame
der
Babette Bomberling

Roman
von

Alice Berend

S. Fischer, Verlag
Berlin

Auswahlbiografie

Bosch, Manfred: »›Die kleine Fontane‹ und ihr Kapitän vom Bodensee«. In: Ders.: *Bohème am Bodensee.* Lengwil am Bodensee: Libelle, 1997, S. 439-444.

Budke, Petra / Schulze, Jutta: *Schriftstellerinnen in Berlin 1871–1945. Ein Lexikon zu Leben und Werk.* Berlin: Orlanda, 1995.

Castonier, Elisabeth: »Porträt einer deutschen Schriftstellerin. Zu einem Werk aus dem Nachlaß von Alice Berend«. In: Dies.: *Unwahrscheinliche Wahrheiten.* München/Berlin: Herbig, 1975, S. 73–77.

Corinth, Thomas: *Lovis Corinth, eine Dokumentation.* Tübingen: Wasmuth, 1979.

El-Akramy, Ursula: *Die Schwestern Berend. Geschichte einer Berliner Familie.* Hamburg: Europäische Verlagsanstalt, 2002.

Härtling, Peter: »Nachwort«. In: Alice Berend: *Spreemann & Co.* Frankfurt/Main: S. Fischer, 1976, S. 283–287.

Krell, Max: *Das alles gab es einmal.* Reinbek: Rowohlt, 1965.

Leiner, Ulrich: »Alice Berend und Konstanz«. In: *Konstanzer Almanach.* Konstanz 1962, S. 102–105.

Lexikon deutsch-jüdischer Autoren / Archiv Bibliographia Judaica. Red. Renate Heuer. Bd. 2, München u.a.: Saur, 1993.

Wall, Renate: *Lexikon deutschsprachiger Schriftstellerinnen im Exil 1933 bis 1945.* Freiburg: Kore, 1995.

Abbildungsnachweis

S. 2: Im Album »S. Fischer gewidmet von den Autoren des Verlages, 24. Dezember 1929«. Deutsches Literaturarchiv Marbach

S. 138: F. Bruckmann München

S. 148: Britta Jürgs

S. 144, S. 147: Susanna Hultman

Schreibweise und Zeichensetzung wurden weitgehend aus der Erstausgabe von 1915 übernommen.

Mehr Informationen über unser Programm finden Sie unter

www.aviva-verlag.de
oder
bei www.facebook.com/aviva.verlag

Wir schicken Ihnen gerne unser Verlagsprogramm zu.

ISBN: 978-3-932338-51-9

Umschlaggestaltung: Britta Jürgs, unter Verwendung
eines Fotos von Hedda Walther, abgedruckt im *Uhu* 12/1933.
Foto: ullstein bild – Hedda Walther

Aktualisierte Fassung der im AvivA Verlag
erschienenen Erstausgabe von 1998.

Druck: ScandinavianBook

AvivA Britta Jürgs GmbH
Emdener Str. 33, 10551 Berlin
fon (0 30) 39 73 13 72
fax (0 30) 39 73 13 71
info@aviva-verlag.de
www.aviva-verlag.de